僕とウツとの調子っぱずれな二年間

文　三保航太
マンガ　はらだゆきこ

うつは、心のアンテナの歪みです。

そしてこの本は、心のアンテナが歪んでしまった「僕」が書いています。医学的な説明はさておき、うつの当事者としては、それまで普通にやっていたことができなくなったり、根拠もないマイナス思考に支配されてしまったり、ヘンテコなこだわりが生まれたりという状態を表すには「心のアンテナの歪み」という言葉しかありません。

僕はずっと音楽業界で働いていました。好奇心いっぱい。それが仕事の原動力でした。でも、アンテナが歪んでしまってからは、好奇心が後退していって、何もしたくなくなりました。へたに何かをしたら、何かしでかしそうな悪い予感もありました。だから、ひきこもりみたいな生活になり、音楽すら聴けない、テレビも見られない日々が長く続きました。

たぶん、それは僕のアンテナが歪んだなりに、自分の心を守るためにとった防御態勢だったんだろうと思います。骨折したらケガをしたところをギプスで固定するように、心のシャッターを下ろし外界からの刺激を遮断し、回復を待つ。

だけど、僕は歪んでしまったアンテナを修理に出すことにしました。病院に通い、文字通り走り出しました。調子っぱずれなりにジタバタしてみたのです。この本はそんな僕とうつとの調子っぱずれな二年間の記録です。マヌケなエピソードもたくさんあります。まだ、完治はし

まえがき

てないけど、体験を綴れるほどには回復してきました。ずっと暗闇のままではないということを、僕と同じく心のアンテナが歪んでしまった人たちに伝えることができたらと思います。僕たちに、未来はある。

調子っぱずれが最悪な時期には僕は文章を読むことすらできませんでした。だから、この本の半分以上はマンガ化してもらいました。文章は飛ばしてマンガだけを先に読んでもらってもかまいません。僕の体験で笑ってもらえたり、あなたの助けになる何かがありますように。

もくじ

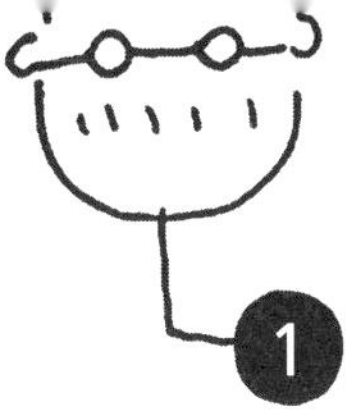

こうして僕は調子っぱずれになっていった

07年1月、僕は41歳で無職になった
16年間の音楽事務所での編集業
キュー!
いろいろやったなあ
しかし音楽業界も不況の波が……
上げ5割減
大ヒットなく
ード店合併
音楽離れ?
おはよう…
えー ほんとに?!
8月から給料が出ないってマジ?!
…
そんなぁ…
急だよね
ミヤスさん
転職する人……
お世話になりました
FM局に行きます
独立する人……
フリーでやっていきます
デザイナー
WEB
ライター
仲間が次々と会社を辞めていった
ぽつん

そしてある日
ミヤスくん……
そろそろ独立したらどう?
社長
はい
意外とアッサリと僕は答えた
やることはやった……
しばらく休んで何か新しいことをやろう
ピピピピピ
はい
ミヤスくん、こんな企画があるんだけど……
ミュージシャン
○○○○の「世界」展
企画書
僕が16年関わってきた集大成とも言える仕事
やりがいはあったが……

ほぼ3ヶ月
山のような
資料と格闘
うわ〜
ドドド
そして……
ミュージシャン
「○○○○の世界」展
ついに
オープン!!
わい
わい
うれしい
我ながら
よくやった
なあ
気分転換に
旅にでも出るか
SAN FRANCISCO
一番リラックス
できるところ…
やっぱり
サンフランシスコ
だな!
サンフランシスコ
そこは10代だった僕が
最初に旅した街
Teenager
よし!
ここで
たまった疲れを
洗い流すぞー!!
TICKET
チケット
そして僕は
1週間の
旅に出た
しかしサンフランシスコに着いて
のっけからトラブル
あれ……
起動
しない
Zzz

修理に出すか……
……
なんとなくぶらついてみるものの
なんでだろう……
せっかく来たのに楽しくない
Macがこわれたからかな…
それでも気をとりなおして
PERFECT
HAMBURGER
BEEF
お、ひさびさにハンバーガーでも食べるか
あれ美味しくない
昔はごちそうだったはずなのに……
ワーイ

気分は乗らなかったが
ムリヤリ街歩きにも出た
FARMERS MARKET
ライヴにも行ってみた
楽しめなかった
ポツ
ポツ
ザァ
雨続きの街
バシャ
バシャ
歩きまわって
ビショビショに
濡れた靴
のように
僕の心も
沈んでいった

パソコンも直ったし
メールでも
チェックするか
HOTEL
仕事依頼の
メールだ
インタビューの
編集？
なんか
乗らない…
そんなこんなで
1週間の旅も
終わった
また
普通の日常が
始まったかに
見えた
どういう
ことですか？
文字数を？
なんですか
それは！
ジョーダンじゃ
ないですよ！
僕は帰国して早々
原稿のことで
言い争いを
してしまった

あー もう！
しかし仕事でこんなに怒ったことはないな……
なぜだろう
そんなある日、電車に乗った
アハハハハ
キャハ
オホ
いつもなら気にならないオバさん達の笑い声……
アハハ
ワハハ
そうそう
またまたへ
ギャハ
オッホッホ
あの！
静かにしてください！
ええっ？
ナニヨ！
おばさんたち
これが僕の調子っぱずれの始まりだった

二〇〇七年一月、僕は四十一歳で無職になった。

それまでは音楽事務所で十六年間、文章を書いたり編集をしたりという仕事をしていた。バンドのツアーパンフレットや、アルバム資料を作った。ホームページのディレクションやラジオ番組のディレクターもしたし、バンドの海外ツアーに同行して、レポートを書いたりもした。音楽に関係する文章や、音楽から派生して興味をもったものについて書くこと、人にインタビューをするのが大好きだった。コンサート会場での力仕事や、レコーディング作業以外の、音楽にまつわる文系仕事のほぼあらゆることを経験してきた。

音楽業界全体の不況により、二〇〇五年ぐらいから社内の僕がいたセクション（編集・デザイン・Web制作）も縮小傾向にあり、仲間も次々とやめていった。二〇〇六年春、僕にも社長から「独立したら？」という声がかかり、特に迷わずそれに同意して退社した。もうここでできることはやったなという気持ちだったのだ。しばらく休んで何か新しいことをやろう、と。

退社したものの、以前の会社の仕事のいくつかは引き続き受けていた。ただ、五を聞いて十ぐらいのアイデアに昇華していくのが編集仕事と思っていた僕としては、クライアント（というより仕事仲間）と直に話をせずに進めていくのはいい環境とはあまり思えなかった。もちろんインターネットは駆使するけど、対面してその表情や語調から示唆されることや、脱線した会話から生まれるアイデアだってある。そういうのがゼロというのは、僕にとっては効率的でも創造的でもない。

二〇〇六年の秋、僕はあるミュージシャンの回顧展のキュレイター（展覧会におけるディレクター的な立場）を任され、その準備のために開展までのほぼ三ヶ月間毎日、膨大な資料と格闘していた。開催期間中も日々展示物が増えていく展覧会にしたかったので、二ヶ月間の展示期間の最終日に「完成」するように展示物も増やしていった。いろんな関連イベントも行なわれた。

開展から一ヶ月ぐらいして、達成感と共に疲れも感じていたので、会期中だったものの、自分にとってはいちばんリラックスでき、刺激も受けることができるサンフランシスコに突発的に一週間のひとり旅をした。僕の初めての海外旅行がアメリカで、そのときも約四ヶ月をここで過ごした（十八歳から二十二歳ぐらいまで、僕はバックパッカーだった）。それから何度もサンフランシスコを訪れている。そんなお気に入りの街なのに、このとき初めて「楽しめない自分」を発見して驚いてしまった。持っていったMａcがホテルで荷を開いて最初の起動でフリーズしてしまったことが、この旅の行く末を暗示してるようだった。サンフランシスコに飽きたわけではない、と思う。理由なき消沈。それでも毎日無理矢理ベッドから起きあがり、ファーマーズ・マーケット（近郊のオーガニック農家たちが週に数回、市内に集まり直接販売の露店を出す）

を取材に行ったり、フェスや、好きな書店に通ったりした。運が悪いことに雨続きの季節だった。履いていた靴に雨がしみこんで木靴のようになってしまったように、僕の気分も重くなっていった。リフレッシュのための旅行だったのに、結局、心が弾むようなことはなかった。

このサンフランシスコ滞在中に帰国後の仕事としてインタビュー依頼のメールが入った。フリーランスになったのだから指名して頂くのはありがたいこと。でも、このときは特に嬉しくは思わなかった。断れない方面からの依頼だったから受けただけ。もともと休養のための旅なのにＭａｃを持ってきてしまった自分が悪いのだ。

帰国した僕には、以前はあったはずの「サエ」がなかった。おまけにその仕事の仲介者とは、書き上げた原稿の文字量のことで言い争いまでしてしまった。仕事だけでなく僕はおかしくなっていた。電車の中で酒を飲んでいたおばさんグループのあまりの騒がしさに苛立って注意したら、口喧嘩になってしまったこともあった。どちらも、いままでの自分にはなかったことだ。二〇〇七年一月。これが僕の調子っぱずれの始まりだった。

サンフランシスコの

Tossed Green Salad

DAWN OF THE DEAD

わっ
異常はまず身体のカユミとして表れた
湯船に入ると胸や手足に赤いしっしんができるようになったのだ
かいぃ〜
これまでの生活パターン
仕事：夜型
帰宅：終電
夕食：近所でラーメン
運動：もちろんしてない
うめ〜
当然太る
身長167 cm　体重78 kg
(BMI 28.3　完全な肥満)
こういう生活がよくないのかな？
そう思い肉を食べるのをやめた
食べたものを記録するようになった
メニューと体重つき

食事日記より
○月×日
体重73kg
朝食：
・ほうれん草とレタスのサラダ（ボウルいっぱい）
・フランスパン2切れ
昼食：
・なめことキャベツと玉ネギの味噌汁2杯
・フランスパン1切れ
夕食：
・大量の春雨ときゅうりと玉ネギのサラダ（不味かった……）
・昼食の残りの味噌汁
夜食：生キャベツ1/6
一、とにかく低カロリー！
一、とにかく肉や米を食べない！
オー
このものすごく偏った献立は成果もあった
3ヶ月で7kg減！
体重が減ったのは良かった
しかし問題は気持ちのほうだった
フリーになったら好きなことしかしないぞ……
そう思っていたのにやりたいことが少なくなっていった

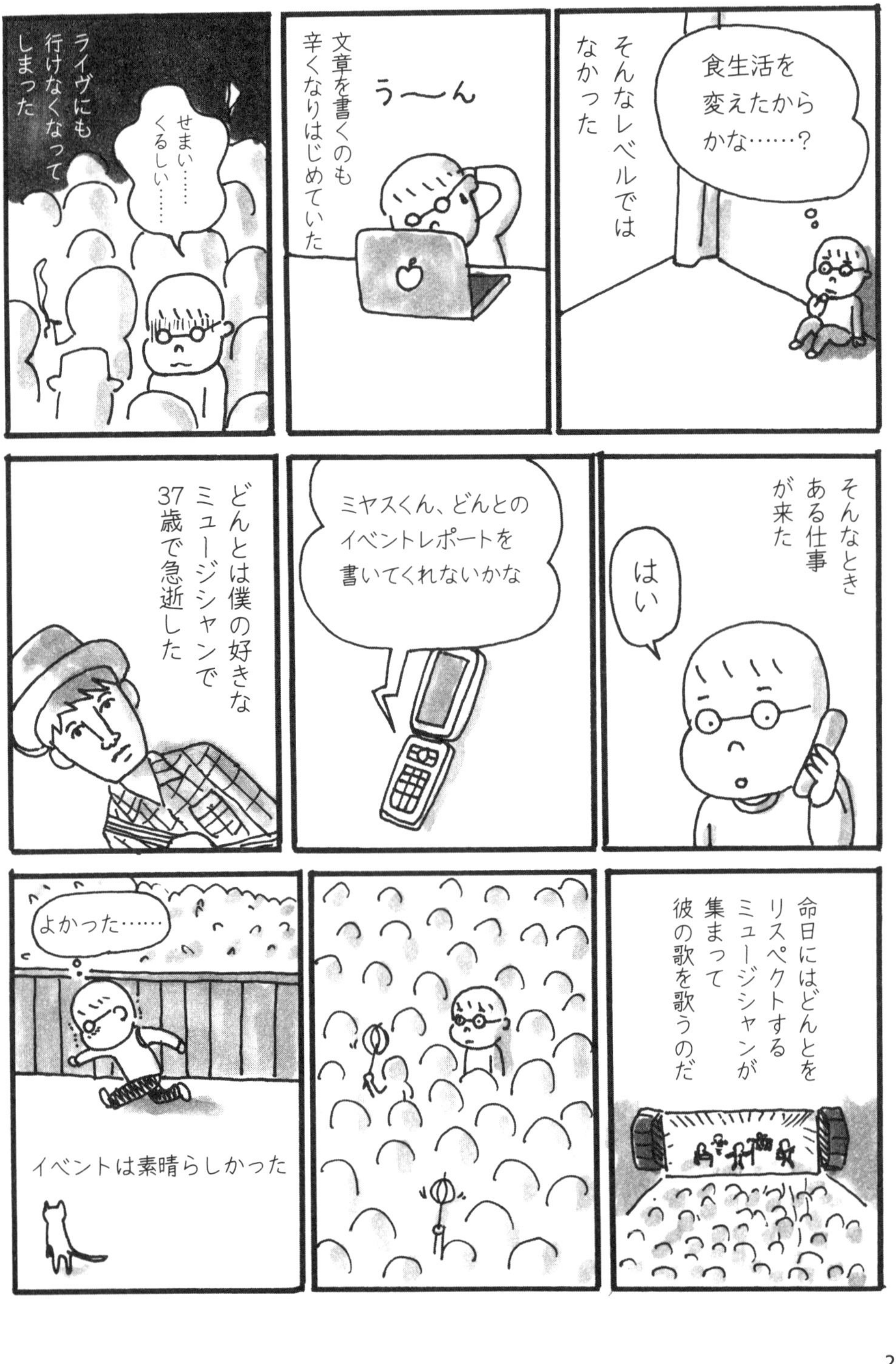

そんなレベルではなかった
食生活を変えたからかな……？
文章を書くのも辛くなりはじめていた
う〜ん
ライヴにも行けなくなってしまった
せまい……
くるしい……
そんなときある仕事が来た
はい
ミヤスくん、どんとのイベントレポートを書いてくれないかな
どんとは僕の好きなミュージシャンで37歳で急逝した
命日にはどんとをリスペクトするミュージシャンが集まって彼の歌を歌うのだ
よかった……
イベントは素晴らしかった

さて！
どんと
なんだろう
集中できない
……書けなかった
僕は
ライヴレポートを
速く書くのが
特技だったのに
うわっ
もうアップしてある！
はははは
あせった
書かなきゃ
書かなきゃ
書かなきゃ
書かなきゃ
なきゃ
書かなきゃ
でも書けない
でも
書けない
書かなきゃ
なんで
書けないんだ
困った
やっぱり
書けない
どうしたら
結局、完成するまで
1ケ月もかかってしまった
送信

自分でもなぜだか
わからなかった
時間はいくらでもあったのに……
そんななか、沖縄・辺野古で音楽フェスがあった
HENOKO
NAHA
うわぁ、きれいな海!
ここでDJを頼まれたのだ
砂よけ
この鉄条網の向こう側は米軍基地なのか……
平和
フェスは素晴らしかった
でも……
NO BASE HENOKO
この頃を境に僕は人前に出なくなった
ゾンビ化の日々が始まろうとしていた

帰国後、どうも調子が狂ってきた。それまでの生活は完全夜型。昼頃事務所に出かけて、帰りは終電。近所の飲み屋街でラーメンを食べて家に着くという生活だったから、そちらのほうが異常と言えば異常。体重は七十八キロもあったし（BMI＝二八・三！　まごうことなき肥満！）、運動もまったくと言っていいほどしていなかった。

異変はまず肌のかゆみとして表れた。じんましんなのか突然のアトピー発症なのか、風呂に入って身体が温まると、胸や手足に小さな赤い湿疹みたいなものができて痒くなる。僕は湯船の中で本を読むのが好きだったけどその習慣を止めた。風呂での読書だけではなく、湯船に浸かることも一切しなくなった。シャワーのみ。

食生活も湿疹の原因かと思い（肥満だし）、サンフランシスコでの旅行中に突然、「肉食を止めよう」と思い立ったのを幸いに、帰国後も「にわかベジタリアン」を続けることにした。「選択」とか「決意」というより、どちらかというと風呂も肉食も、そんな欲求が急になくなってしまった、というのが正しい。僕の食生活は、野菜とパンとたまに魚というコンビネーションに変化した。最初の一ヶ月はなぜか米食もほとんど止めた。二〇〇六年冬のサンフランシスコ旅行から翌年の一月まで、僕は毎日三食のメニューをメモし、体重を量っていた。その三ヶ月で僕の体重は約七キロ減った。ダイエットと考えれば減量のペースとしては悪くはない。

でも、そんなことより問題は「気力」がなくなってきたことだった。僕の行動のモチベーションは好奇心だった。仕事も、音楽と関われる大好きなことだったし、それは退社してフリーになっても変えずにいようと思っていた。むしろ、もっと好きなことしかしない構えでスタートラインに付こうとしていたくらいだ。ところが、「好きだから」という動機で何かを行なうことが急激に減ってきた。会社勤めがなくなり通勤をしなくてよくなったので、外出も少なくなった。

文章を書くのも辛くなり始めていた。二〇〇〇年にハワイ島で急逝したミュージシャン、どんとさんへのトリビュート・イベント「SOUL of どんと」という、毎年開催されるライヴがあり、この年も僕にレポート執筆の依頼があった。特に締め切りが決められてなかったWeb用の仕事ということもあって、たった数千字の原稿に一ヶ月もかかってしまった。書く時間なんていくらでもあったけど、どういうわけか書き始めることができず、頭の中にはずっと「書かなきゃ」という重しだけがあった。これまでの僕だったらいつもはライヴ終了後に即行でレポートを書いて（会場に持参したiBookでその場で書くこともあった）、観客が自宅に帰ってサイトにアクセスする頃にはもうWebにアップされているというクイックさを売りにしてたのに……。

二〇〇七年二月に、僕は友だちのミュージシャンたちが企画した沖縄・辺野古でのフェスに行き、出演バンド転換の間のＤＪを任された。イベントは素晴らしかった。でも僕はこの旅のレポートも書きかけのままだ。「伝える」ことが好きな僕にしては珍しいことだった。このフェスでのＤＪ以降、僕は人前にほとんど立っていない。ゾンビ化への日々が本格的に始まろうとしていた。

「野菜とパン、たまに魚」というローテーションはさすがに1ヶ月で終了して、ご飯も麺もパスタも食べるようになったけど、肉にはそのまま興味がなくなってしまった。
過食でも拒食でもなく偏食。いろんな皿が載ってる定食が特にめんどくさい。外食なら麺類。自炊ならカレーやパスタなど、とにかく一皿で完結ものを重視！
一皿亭

WALKING IN THE RHYTHM

3月16日はフィッシュマンズ佐藤伸治の命日だ
1999年、彼は突然逝った
FISHMANS NIGHT 1999
Are YOU FISH?
いわないから すきさー
きらいな言葉
それから毎年命日に合わせてフィッシュマンズのDJイベントを開催するようになった
あるとき韓国に「空中キャンプ」という店があることを知った
kuchu camp in korea
2007年親しくしていたミュージシャンがその店でライヴをすることになった
え、本当に？
行くよ！
ソウルへ飛んだ

じゃん
ライヴは大成功だった
日本語の歌にも
みんな大合唱
いいライヴだったね!
ほんと!
どの曲が好き?
ナイトクルージング!
アルバムだったら?
そうだなぁ…
同じ音楽が好き
というだけで
言葉の違いも関係なく
仲良くなれる
こうして僕は
2日間夜通し
遊び続けた
ビール万歳
ソウル3日目

せっかくだから今日はプサンへ行ってみよう
ソウルからプサンはKTXで2時間半
ソウル
プサン
釜山
着いたけどどこに行こうか…
……
……
この夜僕は突然自殺の思いにかられた

それは
強烈な誘惑だった
僕は
死ぬべきだ
天からの啓示のように
「僕は死ぬべきだ」
という言葉が
急に降ってきた
”終わりさ
もう終わりだよ“
という佐藤伸治の
声よりも甘く
こんなことは
初めてだった
死ぬべきだ
死ぬべきだ
死んだほうがよい
死ぬべきだ

最近、自分に元気がないのはわかっていた
でも、ここまで来られたし今朝まであんなに笑いころげてたのに!!
これじゃまずい…
ああ何かに呼ばれている
ふら…
いや、まだだめだ!!
INTERNET
24h
PC房
自分が一人ではないと確認できたら我に返るかもしれないその一心で僕はネットカフェに入った
10分でいいから!
バン
mixi
はにわさん
(900)
モヘンジョダロさん

日記更新情報
マイミクシィ最新日記
02:03 … ねこがか
○月×日 … うどん屋で
○月×日 … びっくりだよ
○月×日 … こんなはず
僕は少し落ち着いた
僕には好きな人も友だちもたくさんいるんだ……
釜山港で我に返った
だから死ぬ必要は無いんだ!!
HOTEL
さっ
ど
それはプサンからソウルへのただの旅ではなくこの世界への「生還」だった

三月十六日は、僕の大好きなバンド、フィッシュマンズの佐藤伸治の命日だ。一九九九年、彼は突然逝った。その日のことはいまもよく覚えてる。その知らせを僕自身がうまく理解できなかったこともよく覚えてる。彼の不在なんてこの世界に馴染まない。悲しみよりもそんな感じが先に立った。

二〇〇六年にあるフェスの取材で韓国のソウルに行った際、「空中キャンプ」というフィッシュマンズの名盤を店名にしたカフェを訪ねて、店を運営している韓国人たちと知りあった。二〇〇七年三月第三週の週末は、僕も親しくしている日本のミュージシャンを韓国に呼び、「フィッシュマンズ・ナイト」というイベントを開催するという。行ってみようと思った。僕は、佐藤伸治の命日に毎年吉祥寺で行なわれているフィッシュマンズの追悼イベントを終電の時間に中座し、翌朝、ひとりでソウルに飛んだ。

日本語の歌、特にフィッシュマンズのカバーにみんなが合唱する光景は、異国とは思えないほどだった。同じ音楽が好きということで言葉の違いも関係なく仲良くなれる。ライヴが終わっても会場にはフィッシュマンズの音楽が流れ、僕はその晩初めて会い仲良くなった人たちと酒を飲み、踊った。

二日間、夜通し遊び、ソウルでの三日目の朝、僕は釜山までひとり旅をすることにした。鉄道でわずか二時間半の移動だけど、なんの土地勘もない街に行きたかった。僕はガイドブックを持たなかった。到着した釜山駅のインフォメーションで、安いゲストハウスを紹介してもらい、公衆電話で予約した（英語が通じた）。釜山港まで地下鉄で行き（釜山の名所といえばそこしか知らなかった）、漁港の街ならではの雑然とした露店街を歩きまわった。

予約したゲストハウスは、釜山の中心部の繁華街から三十分ほど歩いた場所に建つ高層アパートの中にあった。ドミトリーのベッドにリュックを置くと、僕はすぐに街に出て行った。

この夜、僕は初めて自殺への衝動に駆られた。それは突然で、強烈な誘惑だった。多くの人が行き交う釜山の街で僕は完全にひとりぼっちだった。でもそんなのは僕の旅では当たり前のことだったし、ひとりで知らない街を歩くのが好きなはずだった。だから、異国でひとりという状況が原因じゃない。天からの啓示のように、「僕は死ぬべきだ」という言葉が急に降ってきたのだ。フィッシュマンズの曲「頼りない天使」の〝遠い夜空の向こうまで連れていってよ〟なんてメロディーは付いてない。ただただ、僕の頭の中を、「僕は死ぬべきだ」「死ぬしかない」という言葉がリピートしていく。〝終わりさ、もう終わりだよ〟という佐藤伸治の声よりも甘く。こんなことはもちろん初めてだった。

ここ最近、自分に元気がないのはわかっていた。でも、日本の隣りとはいえ韓国までひとり旅をし、さらに全く未知の街まで来ている。そこで、死の誘惑に駆られるなんて。僕は今朝まで笑い転げながら踊っていたのに。誰かに助けを求めようにも、『キャッチャー・イン・ザ・ライ』のホールデン・コールフィールドがニューヨークでそうだったように、僕には釜山から電話をかける相手がいなかった（ホールデンにはまだ妹のフィービーがいたじゃないか！）。日本の誰の電話番号も思い出せなかった！　死への誘惑だけが僕の頭の中を占拠していた。僕は降伏しかけていた（脳内の）防衛隊を奮起させ反撃を企て、ネットカフェに入った。そこはネットゲームをしている若者でいっぱいだったけれど、受付で「十分でいいからインターネットを貸してほしい」と頼みこみ（一時間分のチャージはかかったけど）、席を作ってもらい、ｍｉｘｉにアクセスした。自分と友だちとの繋がりを確認すれば、我に返るかと思ったからだ。釜山港で我に返れ。笑えないジョーク。でも、実際に僕はｍｉｘｉを見ることで少し落ち着くことができた。僕には好きな人も友だちもたくさんいる。ここで死ぬ理由は何もない。

僕はまた夜道を歩き、宿に戻り、ベッドに横たわった。翌日は観光もせずに午前の便でソウルに戻り、夜は「空中キャンプ」で友だちと会い、また飲み、笑顔で踊った。それは釜山からソウルへのただの旅じゃなくて、「生還」だった。

コミュニケーション・ブレイクランナー

僕の行動力の源は好奇心だった
shing02
でも僕の好奇心はプサンでの夜以来、ほとんど失われてしまった
新聞を読まなくなった
本も読まなくなった
BOOK
子猫物語
映画館にも行かなくなった
外出さえ、あまりしなくなった
もしかして僕は「うつ」なんだろうか…
いや、そんなはずはない！「うつ」は心の弱い人がストレスに負けてかかる病気なんだから！
ぶんぶん
僕は弱くない
働いてないんだからストレスだってない
トラウマだってない…
大丈夫！
これまで当たり前のようにしてきたことができなくなり、また、興味も持てなかった
編集作業の最終工程に入っていた仕事もストップしてしまった

じゃあ、このチェックお願いします
わかりました
あと一度、僕が確認の校正をしてデザイナーに託せば作業はほぼ終わり
しかしそれができなかった。読めないのだ
文字が読めなくなるわけではない文章が頭に入ってこなかった
あ
い
う
その章が何を意味しているのか前後とのつながりがうまく理解できなくなった
一行読むと前の一行がわからなくなった
書くことも同じだった
文字は書けるけど自分の気持ちを伝えることができない
自分の気持ちを整理することができない
て、いうか
自分の気持ちなんて本当にあるのか？

気力をふりしぼって僕は、仕事のクライアントたちに会いに行った
ガタン
ゴトン
いま、僕は文章が読めなくなってしまったんです……
ミヤスくんさぁいままでずっと働き続けていたからだよ
君のいまの状態は君の身体からのメッセージなんだよ
あの…僕、いま文章が
…そう
2、3ヶ月発行が遅れても問題ないよゆっくり休んで治しておいで！
……
彼らは信じられないぐらい寛容だった
でも僕はただ不安で、憂うつで、苦しかった
これからどうなるんだろう…

そんななかで、ひとつだけ始めたことがあった
ガチャ
走ることだ
突然
少しでもいいから
毎日走ろう
そう決めた
とにかく走ろう……
明日のために!!
その1!!
何かひとつだけでいいから
ルールが欲しかった
それがないと
ただのひきこもりに
なってしまう
あれ?
もう太陽が
沈んでる…
これは…
まずい…

よし！
バサッ
フィットネス
ジム
入会金0円
ジムか…
確か買ったまましまい込んでた靴があったはず……
あった！
僕はジムでもできるだけ他人とコミュニケーションを取りたくなかった
こそこそ
あ、あれならすぐできそうだ
走るだけだし
えーっとコレ押すのかな…
わっ！
ウィ〜ン

わっ
わっ
わっ
最初は
びっくり
するほど
走れなかった
ぜい
はぁ
ぜい
はぁ
ぜい
はぁ
はぁ
はぁ
ドタ
ドタ
ドタ
靴は買ったまま
履いたことが無かった
ハイカットの
トレッキングシューズ
とにかく僕は
毎日走り出した
ドタドタと

僕の好奇心は釜山での夜以来、ほとんど失われてしまった。新聞を読まなくなった。本も読まなくなった。映画館にも行かなくなった。外出さえ、あまりしなくなった。ＲＣサクセションの歌詞でいうと、〝無口になった僕はふさわしく暮らしていた〟（「多摩蘭坂」）だった。

客観的にみれば、僕はうつだったし、自分でも「そうなのでは？」という疑いもあった。でも、もう一方で、その結論を拒否していた。うつは、心の弱い人がストレスに負けてなる病気、というイメージがあったからだ。僕は弱くない。働きにも行ってないのにストレスだってあるはずがない。トラウマもない。だけど、現実の僕はこれまで当たり前のようにしてきたことができなくなり、また、興味も持てなかった。

編集作業の最終工程に入っていた本の仕事もストップしてしまった。何度も何度もしてきた校正、著者校正も済み、あと一度、僕が確認の校正をしてデザイナーに託せば作業はほぼ終わり。でも、それができなかった。読めないのだ。文字が読めなくなるわけではない。文章が頭に入ってこなかった。一行読むと、前の一行を忘れてしまった。その章が何を意味しているのか、前後のつながりがうまく理解できなくなった。書くことも同じだった。文字は書けるけど、自分の気持ちを伝えることができない。というか、自分の気持ちが整理できない。ちょっと待って！

自分の気持ちなんて本当にあるの?

僕は、本の仕事のクライアントであるミュージシャンに気力を振りしぼって直接会いに行き、その旨をゆっくりとできるだけ正確に話した。もうひとつ、取材や対談は済んでいてあとはまとめるだけの仕事もキャンセルさせてもらった。彼らは信じられないぐらい寛容だった。ミュージシャンは「いままでずっと働き続けてきたからだよ」と言ってくれた。「君のいまの状態は、君の身体からのメッセージなんだよ」と。もうひとつの本の仕事も、発行人が「二、三ヶ月発行が遅れても問題ないよ。ゆっくり休んで治しておいで」と言ってくれた。これまで当たり前のようにできていたことがなんでできなくなったんだろう。それを不思議がる好奇心もなく、不安で憂うつで苦しかった。

そんな中でひとつだけ始めたことがあった。走ることだ。少しでもいいから毎日走ろう、と決めた。肉食をやめたのと同じく、衝動的だった。でも、今度は理由があった。僕は何もできず、何もしたくなかったから、逆に何かひとつだけルールが欲しかった。それがないと僕はただのひきこもりになってしまう。実際、ソファに座ったまま、いつのまにか部屋が暗くなってるのに気づくという日が何日かあった。僕は何もせず、ただソファに座ったまま、時間が過ぎ、太陽が落ちていくのにも気が付かなかったのだ。

ひきこもらないために、毎日、駅前のスポーツクラブで走ることを決めた。ある種の人が、何度も手を洗わないと気が済まないように、ある種の人が、ドアの鍵を閉めたかどうかを何度も確認しないと不安なように、その頃の僕は、自分が決めたルールだけは守らないと自分が崩壊してしまいそうな不安があった。その不安をいい具合に使ってみたのだ。

ジムを利用するのは初めてだった。僕は誰ともコミュニケーションを取りたくなかったので、見よう見まねでランニングマシーン（後に「トレッドミル」と呼ぶことを知った）に乗ってみた。最初は自分でもびっくりするほど走れなかった。時速六キロで十五分歩くだけで息が切れた。それでも僕は毎日午前中にジムに通い、ゆっくりと走り始めた。靴は買ったままで外では履いたことがなかった新品のトレッキングシューズを使った。ドタドタと重い音を立てて走る僕は異様だったはずだ。とにかくそうやって、僕の生活に重要な要素となるランニングが始まった。ドタドタタと。

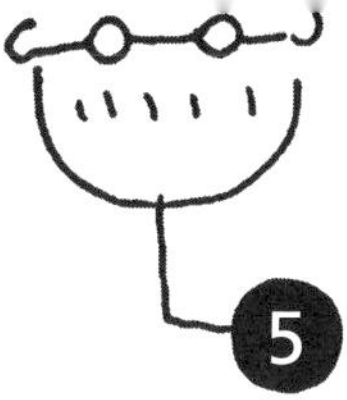

クワイエットルームにようこそ

Welcome to The Quiet Room

毎朝、ジムで走る以外
僕の日々は何もなかった
闇の中にいるような日々
新聞やテレビのニュースで凄惨な事件の報道を見てしまうとすぐに落ち込んでしまうので、自分から遮断した
秋葉原無差別殺人事件のすべて
ピ
OFF
その頃、僕は自分の状態をこういうふうに考えていた
「アンテナ」が壊れてしまったと
そんな中、ふとこんな文章が目に留まった
「うつ」は脳内の神経伝達物質であるセロトニンとノルアドレナリンが減少することによって引き起こされる
「うつ」は誰でもかかるものなんだ
そうだ…… 心が弱いから「うつ」になるわけじゃないんだ!

じゃあ、病院へ行って、そのセロトニンだかノルアドレナリンを増やしてもらえばいいんだ
つまりこれは「アンテナ修理」なのだ
しゅうりだ
しゅうりだ
こうして精神科の病院へ行く決意をした
OO CLINIC
…科 …科
OOメンタルクリニック
心療内科 神経科 精神科
○○医院
病院は自分の家から自転車で行ける範囲内を条件に検索した
うつに関する治療説明がいちばん詳しくサイトに書いてある病院に電話をかけた
○○クリニック
うつとは…
あの…○○クリニックですか?
はい、診察していただきたくて…
え、1週間後?
4
世の中にはそんなにたくさん精神科を必要としている人がいるのか…
チン
さて、医者にうまく説明できるようにしとかなきゃ

えーっと、
あとは…
今できないこと
・他人と話したくない
・眠れない
・本が読めない
自分の病状を箇条書きでメモしておいた
構えるところがあったからだ
気分はどうですか?
カウチ
診察イメージ
たぶんそういうやりとりがあるはずだ!
MAP
病院は細長いビルの5階にあった
うわ、エレベーターしかないのか……
5
ガー
病院の待合い室にはヒーリング音楽が流れていた
relax

ほわわ〜ん
……
リラックス…
僕は頭の中で
ビースティー・ボーイズの
「Fight for Your Right」の
イントロを叫んだ
Kickin!
これはその後、病院に入る前
必ず頭の中に流れるようになった
▽12345678△
ガンバレ自分!!
はい、書きました
問診票
ミヤスさん中へどうぞ
…
ハ、ハイ
はじめまして
どうぞおかけ下さい
NOカウチ…

抗うつ剤は副作用がないかを診ながら2週間後から増やしていきましょう
←抗うつ剤
抗不安剤→
睡眠導入剤
では、これで
え、もう終わり?!
いま、一番知りたいことを訊いた
あの、いつごろ治るんですか?
そうですね…
半年かかる人もいればもっとかかる人もいます
半年!
半年!半年もこんな状態が続くんですか?!
うーんいろんな人がいますから、一概には言えませんね…
そりゃそうだけど…
こうしてとにかく薬物療法がスタートした

毎朝、自分のルールに従ってジムで走る以外、僕の日々は何もなかった。闇の中にいるような毎日。人と話すのも外に出かけるのも気がすすまなくなっていたし、新聞やテレビのニュースで凄惨な事件の報道を見てしまうとすぐに落ち込んでしまうので、自分から遮断した。インターネットも、mixiの限られた範囲のコミュニケーションで充分だった。

その頃、僕は自分の状態を「アンテナが壊れてしまった」と考えていた。アンテナがうまく作動しないから、外の世界からの情報、刺激を正常に受信できない。

二〇〇七年四月、そんな日々の中で、これまで抵抗があった精神科の病院に行こうと思えたのは、「うつは脳内の神経伝達物質であるセロトニンとノルアドレナリンが減少することによって引き起こされる」という解説を見つけたからだ。薬物療法でうつは改善される、ということを知った。心が弱いんじゃなくて、誰でもかかる病気なんだというその解説は、自分にとって大きな救いになった。「なぜ僕が?」と自問を続けて暗闇に居続けるよりも、すんなり病院に行って、そのセロトニンだかノルアドレナリンを増やしてもらおうと思った。つまりこれは「アンテナ修理」だと。

病院は自分の家から自転車で行ける範囲内を条件にインターネットで検索した。いくつかの候補から、うつに関する治療説明がいちばん詳しくサイトに書いてある病院に電話をかけた。

その日のうちに診てもらえると思っていたけど、受診の予約ができたのは一週間後だった。世の中にはそんなにたくさん精神科を必要としている人がいるのかと驚いた。

診察当日まで、僕は医者にうまく説明できるように、自分の症状を箇条書きでメモしておいた。精神科医に対しては構えるところがあったからだ。それはきっと高校の頃に読んだフロイトの「精神分析」の印象もあっただろうし、薬物療法であっても、まずはカウチに座って連想ゲーム的な問答の診察をされてからだろうという先入観もあった。村上春樹の小説『風の歌を聴け』では、主人公が少年時代、精神科医に受診させられるシーンがあり、そこでは、医者が「昔ね、あるところにとても人の良い山羊がいたんだ」という例え話から少年の心を解きほぐそうとしていた。壊れた心のメタファーは「重い上に壊れた金時計」で、医者は自分の立場を「その時計の代わりに、軽く正確に動く新しい時計をプレゼントする兎だよ」と説明していた。僕は一週間かけて、自分がこれまでと変わってしまったことのいくつかをリストにした。

病院は細長いビルの五階にあった。エレベーターでしか上がれないというのがまずイヤだった。狭い密室で誰とも一緒になりたくなかったからだ。病院の待合い室には、小さな音でヒーリング音楽が流れていて、それも僕を少しいらいらさせた。選曲が安易すぎるじゃないか。僕は頭の中でビースティー・ボーイズの「Fight for Your Right」のイントロを鳴らして、癒しの音楽を打ち消した。Kickin'!

受付で問診票をもらい、待合室のソファで記入した。症状のチェックポイントや、親族内の自殺者、精神病者の有無など。書き終えて十分ほどたって診察室に呼ばれた。医者は、肘掛けのある黒い椅子に座ってた。僕の椅子は彼の机から一メートル弱離れたところにあり、僕は促されるままにその椅子に座った。握手も、山羊が出てくる例え話もなかった。僕は自分の症状をメモを見ながら説明して、医者はそれがいつからか、何か思い当たる原因はあるのかを僕に訊いた。僕は会社勤めを辞めたことと、大きな仕事を終えたことは転機だったけど、それが原因とは全然思ってないと答えた。会話の時間は十五分ほど。予想していたよりあっけないほど短かった。

抗うつ剤と抗不安薬と、睡眠導入剤を処方されることになった。抗うつ剤は副作用がないかを診ながら二週間後から増やしていくとのこと。「いつ頃治るんですか?」という僕のその日最後の質問に、医者は「半年かかる人もいればもっとかかる人もいます」と答えた。「半年!半年もこんな状態が続くんですか?」と僕は重ねて訊いた。医者からの答えは「いろんな人がいますから一概には言えません」というものだった。そりゃそうだけど……。

とにもかくにも、こうして薬物療法がスタートした。

解説コラム①

ひろがりを見せるうつ病罹患と、その発症要因

ストレスの多い現代社会において、うつ病は決して珍しくない病気になりつつあります。平成十七年の厚生労働省の調査では、うつ病や躁うつ病で治療中の患者は約九二万人と推計されており、その六年前にあたる平成十一年の調査時に比べ約二倍にも増加しています。身近な話題としてうつ病が浸透しており、受診を考える人が増えているのも一因かも知れませんが、いずれにしても、今や誰もが罹かる可能性がある心と身体の病気、その代表格の一つと言えるでしょう。

しかし、うつ病の病因は医学的には完全に解明されていません。脳の神経細胞は樹状突起と呼ばれる枝のようなものを多数伸ばし、神経細胞同士がネットワークを作ります。うつ病では、精神的／身体的ストレスが大きくかかった結果、この神経ネットワークの連結部分（シナプス）で働く神経伝達物質（とくにセロトニンやノルアドレナリン）が欠乏したり、それを受け取る受容体に異常が生じて、正常な神経伝達が行われなくなると考えられます（図）。大きなストレスの中でもやる気を起こそうと神経が奮闘した結果、やがて疲労しきってしまった状態なのかも知れません。しかし、これは、六〇年代以降に抗うつ作用をもつ薬物を詳細に調べることで提唱された仮説に過ぎず、現在も研究は継続されています。

現時点では、複数の遺伝子によって規定される「うつ病の罹りやすさ（脆弱性）」があり、その程度は個人によって異なると考えられています。ある人にとって平気なストレスであっても、ある人にとっ

てはうつ病発症の引き金になるわけです。ただし、これは一般に言う「精神力の強さ」の問題ではありません。例えば、精力的に仕事をこなしてきた強靭なビジネスマンが、ある日突然うつ病に罹ることもあります。うつ病の発症にはストレスと疲労が関連しており、それらが強くのしかかる状況下では、誰もが罹りうる病気と認識するのが正しいようです。

うつ病の様々な治療法

うつ病の治療のため、多くの人が薬の投与を受けています。これには理由があり、抗うつ薬を中心とする治療は、効果と安全性のバランスが優れており、また、通院で治療できるというメリットがあるためです。「薬は嫌だ、カウンセリングだけで何とかならないか」と考える人もいますが、うつ病は、まず脳の神経の働きを是正するために薬を服用し、加えて

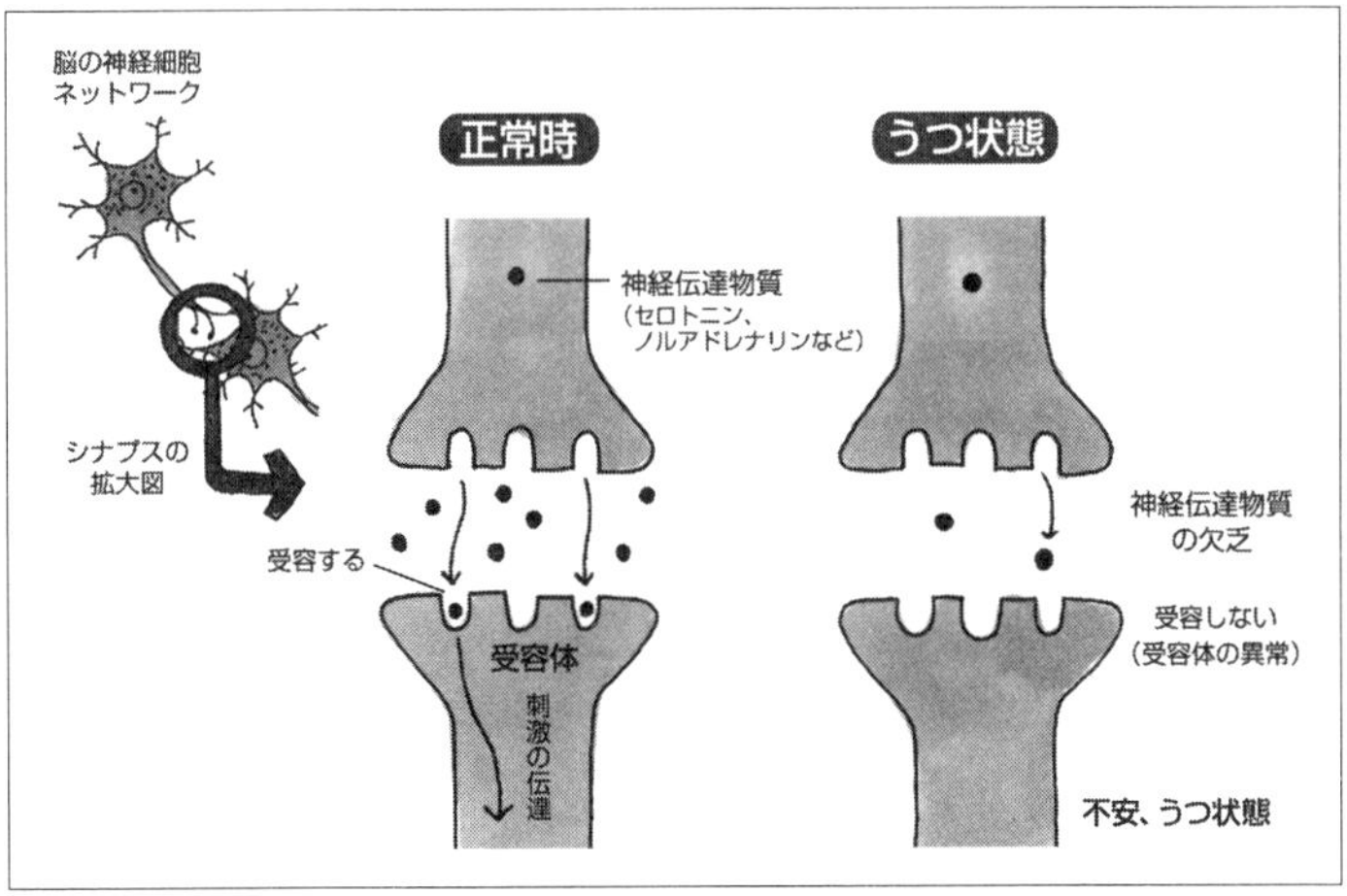

認知行動療法（日常の出来事の捉え方や対処の仕方について学び、うつ病の悪化を防ぐ治療）に代表される精神療法を受けた場合に、最も治療効果が高くなることが明らかにされています。やはり薬による治療が基本なのです。

最近では、電気けいれん療法（ECT）と呼ばれ、頭部に電流パルスを与える治療が有効であることが分かっています。この治療は、おもに自殺の危険がある人や重症度が高く迅速に治療を行わなければならない人、どの抗うつ薬も効かなかった人などが対象となります。また、高照度光療法や、まれに実施される断眠療法などもありますが、入院治療が基本となり、いずれも薬による治療と併用されることが多いようです。

どの薬を使うかは医師のさじ加減と思われがちですが、臨床研究データに基づき策定されたガイドラインや治療アルゴリズムが存在します。医師はそれらに沿いつつ、さらに個々の患者の状況に応じて薬を選択します。抗うつ薬には三環系抗うつ薬や、SSRI（選択的セロトニン再取り込み阻害薬）、SNRI（セロトニン・ノルアドレナリン再取り込み阻害薬）などのクラスがあり、その中にも様々な種類があるため、効果や安全性を考慮した上で選択されます。さらに患者の症状や状況に応じて、不眠に対しては睡眠薬、不安・焦燥に対しては抗不安薬、さらに抗うつ薬の効果増強を目的として気分安定薬や向精神病薬などが処方されることもあります。

（高野雅典／医学ライター）

MUSIC IS THE KEY OF MY LIFE

病院へは
2週間に一度通っていた
今日だ
クスリ（抗うつ剤）の量は
増えていくのに
効いてる気が
しないなあ……
調子はどうですか？
……あまり
よくなったとは
思えません
じゃあ
薬の量を増やして
みましょう
では
これで…
あっ！
ちょっといいですか？
音楽が
聴けなくなった
んです
新聞も
読めなくなって…
ほう
大事なことが
次々と
できなくなってる…

今まで
好きだったものに
突然興味が
なくなることは
よくあること
ですよ
ガチャ
うーむ…
この曲は
僕が関わってきた
バンドのヒット曲が
ヒーリング風に
アレンジされて
流れていたのだ
いやし系〜
なんだか
わからないが
耐えられない!
すみません!!
この音楽、
聴けないんです!
ハァ
ハァ
○○さん
音楽止めて下さい
ああ…
これは
何なんだろう…

こんなことは他にもあった
毎日届く郵便物
税務所
カード
○○区役所
公的なもの以外はほとんど捨てていた
部屋に持って帰りたくない
封が開けられないからな……
スピルバーグがリメイクした映画『宇宙戦争』
WAR OF THE WORLDS
その中で好きなシーンがあった
突然、街がメチャクチャになり
ギャ
パニックを起こす主人公の娘レイチェル
そのとき、兄のロビーが教えるのだ
レイチェル、腕をこうするんだ
これはお前のスペースだ
この中にいれば何も起こらない安全だからね
うん

僕はこのシーンを繰り返し観た
誰も侵入してこない
安心な場所が
僕にも必要だった
うつは神経伝達物質の異常で
認知の歪みを起こすと
言われている
DARKSIDE OF THE MOON
雨が降っている
濡れるなあ
悲しい
普通
BT
良い天気だ
良かった!
悲しい
普通
BT
何を見ても
何を聴いても
悲しくなる
というのは
おかしい
この病名が余計に
ネガティヴに
させるんだよな…
うつコーナー
うつとのつきあい方
うつ! 悩まないで
息子がうつに
うつでもいいとも!
うつってうつる?
うつるんです
家族がうつに
うつ男
よし!
僕はいまの状態を
"調子っぱずれ"
と呼ぼう
何も改善されないけど
BAD TUNING
少し違う気分になれた

もちろん この状態に 焦りはあった
以前の僕は こんなふうでは なかった
バシャ バシャ
こっちにも
ここにも
あ、ここに
いや〜 大漁大漁!
ミヤスさんは いつも スゴイなぁ
すごい!
でもいまは なんだか ノロノロ 潮干狩りしてる みたいだ……
のろくさ
のろくさ
ホントに何か埋まってるのかな
ムダなことしてるんじゃないか?
本当に僕は治るんだろうか?
それでも ランニングは 毎朝続けていて タイムも 少しずつ良く なっていた
僕は1ヶ月後、10キロレースに出ることにした
とにかく
完走だな
それが目標だった

MUSIC IS THE KEY OF MY LIFE

音楽が聴けなくなる日が来るなんて思ってもいなかった。物心ついてから僕はずっと音楽を聴いてきた。いつのまにか音楽と関わることが仕事になった。音楽をビジネスとしか考えていない「業界」の人に出会うと逆に燃えるタチだった。もっと良い、音楽に愛のあるアイデアを出してやろうと。僕の周りにはいつも音楽があって、音楽が大好きな友だちがいた。本や映画も大好きだった。どんなジャンルでも構わないから、僕は素晴らしい表現、作品を他の人たちに伝える「中継手」になりたかった。

そんな自分が、音楽や本、映画から遠ざかるなんて考えられないことだった。でも、そうなったのだ。

家にいるときはたいてい無音だった。ジムで走ってるとき以外、僕はたいてい家にいた。時間ができたときに読もうと未読のまま積んでおいた本にも、手がつけられなかった。マンガも無理。電車に乗って、ライヴハウスや映画館のような密室で時間を過ごしに行くなんてことは全くしたくなかった。

病院には二週間に一度通った。抗うつ剤は少しずつ処方量が増えていったけど、僕には効果が感じられなかった。問診はいつも十分間ぐらいだった。「どうですか?」と医者に訊かれる。「あまりよくなったと思えません」と僕は答える。「じゃあ、薬の量を増やしましょう」。だいたいこんなやりとりだった。あとは僕があわてて喋る（え、もう終わりなの？って感じていた）。「音楽が聴けなくなったんです」、「新聞が読めなくなったんです」。医者は僕の言葉を聞いて、カルテにメモしていく。「いままで好きだったものに、突然興味がなくなることはよくあることですよ」などとの答え。うーむ。

診察室から出たら、待合室には僕がずっと一緒に仕事をしていたバンドのヒット曲が、いかにも癒し系です的な音楽にアレンジされて流れていた。僕はどうしてなのかそのアレンジに耐えられず、診察室に飛び戻って、「この音楽、聴けないんです！」と訴えたこともあった。医者はすぐに受付の女性スタッフにそのCDを止めさせた。

メールも電話も郵便も苦痛になってきた。郵便は、通常の広告郵便はもちろん、以前の仕事の関係で自動的に送られてくる封書も、封を開けることすらしないで、マンションの郵便受けの横にある不要チラシ用のゴミ箱にそのまま捨てていた。

スピルバーグがリメイクした映画『宇宙戦争』の中に、宇宙人の攻撃から逃走中にパニックになるダコタ・ファニングの兄役の少年が、ダコタに身体の前で自分の右手で自分の左肘を、左手で右肘を握らせて輪を作らせ、「この中はお前の絶対に安全なスペースだ。誰も侵入できない」と、彼女を安心させるシーンがあった。僕も誰も侵入してこない安心できる空間を必要としていた。

うつは神経伝達物質の異常で、認知の歪みを起こすと言われている。雨が降っていれば、「ああ、雨だ」と思うのが普通だ。でもそこで、「悲しい」と感じてしまう人もいるだろう。そんな歌詞もいくらでもある。だけど、何を見ても、読んでも、悲しくなるなんていうのはいくらなんでもおかしい。僕はこの状態を、「調子っぱずれ」と呼ぶことにした。「うつ」という病名自体がとてもネガティヴな印象を僕に与えるからだった。僕のアンテナは調子っぱずれ。これでいい。なんにも改善されないけど。

そんな状態に焦りはあった。でも、焦ってあがいてみようにも何もできなかった。僕の日々は、すごく緩慢な動きで潮干狩りをしてるみたいだった。編集者時代の僕は、砂浜に埋まってる宝を、素早く、たくさん見つけることができた、と思う。トランプの「神経衰弱」（なんて皮肉なゲーム名！）のように、こっちのカードとあっちのカードとを結びつけることも得意だと思っていた。でもいまの僕の動きはとても鈍い。ここが間違った場所（砂浜ではなく、人工埋め立て地なのかも？）で、無益な作業をしているのかもという不安も常に抱えていた。本当に僕は治るのだろうか……。

それでも、日々の走行距離と速度は少しずつ伸びていき、友だちの誘いで一ヶ月後に十キロのレースに出ることになった。僕は完走を目標に、ランニングだけは毎朝続けていた。

長距離走者は孤独じゃない

歩くことが減り
走るほうが長くなっていった
1ヶ月後のレースのために
とにかくトレッドミルの上に
1時間はいることにした…
……
あいかわらず
ジムでは誰とも
話さなかったが
……
ふう
ふう
前は全面鏡だった
とにかく走る日々
あの鏡の自分を
見るのはイヤだけど
走ることは
続けよう……!
ゼイ肉が
ゆれてる!
かっこ
わるい!!

するとしばらくして
変化が見えてきた
うーん
ズボンが
ゆるくなった
なあ……
身体が軽くなると
走りも軽くなる
ぴょーん
月
部屋にひきこもっているときは
訳の分からない考えが
頭を支配していたが
走っている間
それは自己と
向き合う時間だった
苦しくなって
きたなあ……
でも
ぜい
ぜい
ペースは
下げないで
行こう！
僕は最低
なんだ……
みんなが
8時間も10時間も
働いている間に
何ひとつできない
だったら
60分くらい
走り切ろう！

ふぅ……
8キロくらいは走れるようになったなあ
残り2キロくらいは歩いてもゴールできる
完走が大事!
さて当日
アサー
チュン
チュン
チュン
チュン
○○駅
なんか数ヶ月ぶりの社会復帰だなあ
ミヤスさん!おはようございまーす
誘ってくれた友だちだ
おはよー
今日のレースは大学の先輩が企画してるんですよ
へぇー
それは「チャリティラン」といって参加費がフィリピンの孤児院などに寄付されるものだった
チャリティラン

えー、では予想タイム〇〇の方……
ゾロゾロ
へぇ〜タイム順に並ぶんだぁ
ゾロゾロ
じゃあ僕はこのへんかなあ
1'10"
ほとんど最後尾
ドン!!
と、スタートしたものの
ワァッ
渋滞〜
大勢の人と一緒に走ること
わっ
ドンッ
舗装されていない道
やっぱりジムのトレッドミルとはちがうな

それでも僕は
次々と人を抜いていった
もう限界だ
スピードを落とそう……
折り返し
いいぞー!
やあ～っ
ガンバレー
ハッ
ガンバー
が、がんばろう!
GOAL
そして、ゴール!!
はい!
おつかれさまでした
STAFF
おーい
ミヤスささー
ふふふ
完走賞品は
フィリピンの
孤児院の
子どもたちが
今日のために
手作りした
木製の首飾り
だった

僕の走りが
JAPAN
PHILIPPINE
フィリピンに届く
うれしい……
・完走できた
・首飾りをもらった
GOAL
予想より速かった！
それが
このレースの
全てだった
これでいいのだ
イデデデ
次の日は
ひどい筋肉痛で
走るのを休んだが
その次の日からは
また走り始めた
僕は新しい目標を立てた
10月の
野外フェス
あと5ヶ月ある！
参加できるよう
にするぞ！
それまでに
この
調子っぱずれを
治すこと
re pair
友だちとテントに泊まり
音楽フェスを楽しめたら
それは仕事の復帰
ではないけど
以前の僕と同じだ

あいかわらずジムではインストラクターとはおろか誰とも話をしなかった。ロッカーで着替え（靴はランニング用のものを新調した）、マットの上で少しストレッチをして、十台並んだトレッドミルのどれかに乗る。

トレッドミルの前は全面が鏡で、いやおうなく自分自身の姿と向き合うことになる。太った自分の身体が嫌だった。走ると頬から下腹まであらゆる無駄肉が揺れるのが如実にわかった。菜食になって体重が減り続けていても僕はまだ標準体重オーバーだった。でも、日々、走っているると徐々に変化が見えてきた。まず変わったのは腹まわりだった。身体が軽くなると走りも軽くなる。周りを観察すると他の人は、時速八キロなら八キロで走り続ける、時速六キロで歩くならずっと時速六キロで歩くというように同じスピードをキープしていたけど、僕は違った。ウォーミングアップから始め、徐々にスピードをあげていく。トレッドミルでは、時速、消費カロリー、走行時間、走行距離が表示されていく。この数字を上げていくのが好きだった。五分経つと時速を〇・二キロだけ上げてみる。次の五分でまた〇・二キロアップ。そんな感じで走る速度を上げていった（「ビルドアップ走」というのだそうだ）。それは自己と向き合う時間だった。とはいえ走る間に何かを考えていたわけではない。部屋にひきこもってるときはわけのわからないいろんな想念に頭を支配されていたけれど、トレッドミルの上での僕はシンプルそのものだった。喉の渇き、発汗、疲労の具合を身体が脳に伝える。僕の両眼が捉えるのは鏡に映る自分のランニングフォームと、パネルの数字だけだ。走るのが苦しくなっても意地でも速度を落とさなかった。速度を上げたら、絶対にそのまま下げない。「僕は最低なんだ。みんなが一日に八時間も十時間も働いている間に何ひとつできない。だったら六十分間ぐらい走り切ろう」。走り切ったところで生産するものなんて何もないけど、なぜか僕はそんなふうに考えていた。

レースの日までに走れるようになったのは八キロ強ぐらいだった。でもこれだけ走れれば十キロは大丈夫だろう。あと二キロぐらいは歩いてもゴールできる。

この初のレースが、僕にとって数ヶ月ぶりの社会復帰だった。早朝、駅で友だちと待ち合わせて、多摩川沿いの会場に向かった。多くのボランティアが大会をサポートしていた。大会はチャリティランで、参加費から経費を引いた金額がフィリピンの孤児院などに寄付される。ボランティアスタッフも参加費を支払って働いている。

スタートラインには自分の走破予想タイムごとに速い人順に並ぶということも初めて知った。僕はほぼ最後尾に近い「予想タイム一時間十分」のグループに入った。川沿い、幅三メートルほどの舗装されていない道を二千人以上のランナーが走るので、タイム順に並んでいたとはいえスタート直後は混み合ってうまく走れない。トレッドミルとは違って目の前に表示される速度計もないのだ。僕はペース配分を考えずに次々に人を抜いて走り出した。久しぶりの爽快感だった。折り返しを過ぎ、「もう限界だ、スピードを落とそう」と思っても、辛くなってきた場所、場所に応援してくれる人たちがちょうどいるのだ。彼らの応援に励まされ、僕は最後まで歩くことなくゴールした。大会スタッフがゴールした僕の首に木製のペンダントをかけてくれた。フィリピンの孤児院の子どもたちが完走者のために手作りしたものだという。僕は芝生に横たわりながら喜びに浸っていた。僕の走りが、フィリピンに届く。代わりにフィリピンの子どもたちから届いた手作りのペンダントが嬉しかった。予想タイムよりずいぶん速い完走だった。

レース翌日は筋肉痛で走ることを休んだけど、その次の日からはまた走り出した。少しでも速く、少しでも長く走れるように。見よう見まねで筋力トレーニングのマシーンも少しずつ試すようになった。鏡に映る僕の姿は変化してきた。僕の調子っぱずれは何も変化がなかったけど、また新たな目標を立てた。五ヶ月後、毎年秋に行っている朝霧高原でのキャンプ・イン・フェス「朝霧ＪＡＭ」に参加できるよう、それまでにこの調子っぱずれを治すこと。友だちとテント泊で野外フェスを楽しめたら、それは仕事への復帰ではないけれど以前の僕と同じだ。そのためにも僕は走り続けよう。

THE NIGHT OF THE LIVING DEAD

調子っぱずれになった僕の日々にはのっぺりと引き延ばされた時間が流れていた
本も読めない
文章も書けない
音楽も聴けない
できたのは走ることだけ
あと変わったのは朝型になったこと
さあ行くか
チチチ
早朝、公園で歩くようになった
早朝の公園のトラックは老人が多い
老人たちと無言でゆっくり歩いていると
僕はゾンビになった気がした

『ゾンビ』は調子っぱずれになった僕が繰り返し観ていた映画だ
ロメロもいいが
ザック・スナイダーのリメイクもいい
ギャ
死者がよみがえり
ゆっくりと動きながら
わー!
生きている人間たちを襲う
噛まれた人間は死にゾンビとなって増殖していく
WE ARE THE ZOMBIES!!
そんな映画を何度も何度も観ていた
液晶じゃないよ
残酷な報道が苦手だった自分が
無差別殺人
自殺3万人
空爆
幼児虐待
ゾンビ映画はなぜか観られる
ゾンビを観てると不思議と落ち着くのだった

ある日睡眠薬が効いてくるのを待ちながら『ゾンビ』を観ていた
アヴァヴァ
いでっ！
イテテ…ボールから落っこちたのか
アホか、オレ
バキッ！
ギャアアア
洗濯
ジムでのランニング
掃除
早朝、夜のウォーキング
料理
ドカーン
DVDの鑑賞
これが僕が毎日していることの全てだった
歩く
食事
掃除洗濯
睡眠
ジム
食事
ゾンビ状態
歩く
DVD
洗濯は毎朝した
洗濯機の中はいつもカラッポにしたい！
あー せんたく せんたく！

ゴミ箱にゴミが
残ってるのが
なんかイヤ
すぐマンションの集積所に持っていく！
シンクに
食器があるのが
耐えられない！
会社勤めのころは
あんなに汚くても
平気だったのに
どーにかして下さいよ！
ごちゃー
今の方がマトモかも
キレイ好き（？）になった
一方で頭の中では
こんな変化も
起こっていた
いま 0:15 だから何分
に取り出せばいい
んだっけ？
わから・ない
あれ？
今日って
月曜日？
休館日
ガーン
あれ？
何買うんだっけ？
あっ
乗りまちがえた！
プシュー
あっ
つるっ
ガシャン！
不注意で何度も
食器を割ってしまう
そんなときは
更に落ちこんだ
……

医者に処方されてる薬は
抗うつ剤
精神安定剤
睡眠導入剤
これだけあった
睡眠薬を飲めば眠れるけど効果は長く続かない
まだ4時か…
AM ランニング
PM
水泳
早朝or夜
ゾンビ歩き
こんだけ疲れれば眠れるだろう!
くたくただ!
パチ
がっくり
こんな日がいつまで続くんだろう
考えるのはよそう
公園を歩けば気が紛れるかも!
むく
この老人たちは早起きなのか不眠症なのか?
自分もだけど
しばらく歩き、不安を鎮めまた家に帰ってベッドに入る
もう眠れないけどそれは人間の習性
でも僕はゾンビだった

THE NIGHT OF
THE LIVING DEAD

「調子っぱずれ」になった僕の日々には、のっぺりと引き延ばされた時間が流れていた。抗うつ剤は飲んでいても、憂うつな気分はずっと続いていた。本も読めない、音楽も聴けない、文章も書けない。時間はたっぷりとあるのに午前中にジムで走ること以外にやることがない。変わった点もある。朝が早くなった。五時頃に目が覚めてそのまま近くの公園の陸上トラックを歩く日もあった。夜の九時や十時頃にまた同じ公園のトラックを歩くときもあった。早朝のトラックは老人が多く、夜のトラックはダイエットを目的としてるように見える女性（歩いてる）や、本格的にランニングの練習をしている男性が多かった。陽が昇る前の早朝に、同じ向きに無言でゆっくりと歩いていく老人たちの輪に自分も加わると、僕はゾンビになった気持ちになった。

『ゾンビ』は、調子っぱずれになった僕が家で繰り返しＤＶＤで観ている映画だ。ロメロ監督のオリジナルも、ザック・スナイダー監督によるリメイク版もどちらも同じ回数ぐらい観ていた。死者が蘇り、ゆっくりと動きながら（リメイク版では、ゾンビが走る）生きている人間を襲う。噛まれた人間はゾンビとなり、その数は増殖していく。生き残った人間たち数人のグループがショッピングモールに逃げ込み、侵入しようとするゾンビたちと戦う。そんなストーリーの映画を僕は何度も何度も観ていた。戦争や殺人、自殺などのニュースを見るのがイヤでテレビも新聞も見られなかった僕が、繰り返し観ていたのがゾンビ映画。でも観てると不思議に落ち着くのだ。

ジムでのランニング、早朝か夜（あるいは両方）の公園でのウォーキング、『ゾンビ』のDVDを観ること以外に僕がしているのは、洗濯と掃除と料理ぐらいだった。洗濯は毎朝した。洗濯槽に洗濯すべき物があるという状態がイヤだった。でもジムで走ればまた汗だらけの洗濯物が出る。だから夏には日に二回（ベッドシーツも洗わなくちゃとか自分に理由を付けて）洗濯をして、ベランダに干した。ゴミ箱にゴミが残っているのがイヤで、毎晩、マンションの集積所にゴミ袋を運んだ。シンクに汚れたままの食器が置いてあることもなくなった。会社に勤めていた頃の僕の机の上の乱雑な状態を知っている人から見ると、とっても奇異に思えるはずだ。

調子っぱずれになった僕の、ヘンだけど良い方向への変化はこういった掃除や洗濯だろうけど、その一方、頭の中に現れた消しゴムは、脳内ノートに走り書きしたメモや計算式を遊び半分に抜け字にしたり、消したりしていった。パスタを茹でる。何分に鍋から取り出すべきか。そんな単純な時間計算にもたつく。今日が何日、何曜日なのかもよく間違えた。スーパーマーケットに行って、買うべきものを忘れた。電車に乗っては乗り換えの駅を間違えた。公園のトラックを周回するときは片手に玄関の鍵を握って、左手にあるときが奇数周、右手に持ち替えたときが偶数周として歩いた周数を数えていたけど、いつもどこかでわからなくなった。使えるメモリが少なくなっていた。グラスや皿を洗うときに不注意で割ってしまうことが何度もあって、そんなときはさらに落ち込んだ。

医者に処方されてる薬は、抗うつ剤が二種類、精神安定剤が一種類、睡眠導入剤が二種類あって、僕は飲み忘れをなくすために曜日ごとに分別できるピルケースを使って、日曜の夜には次の週の薬をセットした。睡眠薬を飲めば眠れるようにはなっていたけど、効果は長く続かない。四時間ぐらいで目が覚めてしまうことが少なくなかった。午前中にジムでランニングして、夜はプールで泳ぐ日もあった（さらに公園でのゾンビ歩きも加算される）。疲れていればよく眠れるかと思ったからだけど、変わらなかった。まだ太陽が昇る前の早朝に覚醒して、こんな日がいつまで続くのかと不安になる。その不安を払拭するために起きあがり着替え家を出て、静まりかえった住宅街を抜けて公園に行く。不眠症なのか早朝起床組なのかそんな時間にもトラックを周回している人たち（早朝はほぼ全員老人）の列に僕も加わる。進行方法は同じ。だからすれ違うことはない。もちろんみんな無言だ。三十分ほど歩いて不安を鎮めて、また家に帰ってベッドに入る。もう眠れないけどそれは人間の習性。でも、僕はゾンビだった。

解説コラム②

“落ち込み”だけではない、うつ病の様々な症状と診断

うつ病では、その名が示すように「うつ」と呼ばれる気分障害が生じます。誰でも、悲しい出来事や自分の現状に対して落ち込んだり、悲観的な気持ちになったりするものですが、その状態からいつまでたっても抜け出せない場合、うつ病である可能性があります。さらに、何もやる気がしない、興味や喜びがない、起きることができず寝込んでしまう、自分を責めてしまう、死について考えてしまうといった場合には、うつ病である可能性が高いと考えられます。身体側の症状としては、不眠（早朝に目が覚めて悲観的なことを考えてしまう、夜中に何度も目が覚めてしまうなど）が最も代表的な症状であり、その他に、疲労・倦怠感、食欲低下（逆に食欲がついてしまう場合もある）、体重減少（食欲増大による体重増加の場合もある）、腹痛や下痢などの腹部症状、頭痛・めまいもよく見られる症状です。

もし自分や身の回りの人がうつ病かも知れないと感じたら、まずは心療内科や精神科（メンタルクリニック、神経科などもある）に相談するのが良いのですが、しかし、どの診療科に行けばよいのかを迷うよりも、ともかく病院に相談することが大切です。現在では、どの医療機関もうつ病の診療に積極的ですので、お門違いなどと言われる心配はありません。必要な場合には専門医にも紹介してもらえます。

うつ病の診断方法は、口述で患者の状況を聞き取る「問診」が中心になりますが、うつ病の背後に重要な身体疾患が無いかを確認する目的で、血液検査やMRI検査も行われます。うつ症状を作り出す身体疾患には、甲状腺機能などの内分泌系の異常や、脳梗塞、脳腫瘍などの癌、エイズやインフルエンザなどの感染症

など様々なものがあります。それらの疾患を除外した上で、うつ病であることが診断できるわけです。

医師とのやり取り、診療を受ける上でのポイント

医師は、患者の訴えや相談内容に耳を傾けるものですが、実は、それだけで診断を下しているわけではありません。その人の表情や話し方、身振りなども重要な情報として見ており、また家族関係や仕事内容や環境などにも注意を向けています。「医者に伝えた内容は同じなのに以前と違う薬を処方された」と言って不審がる人もいますが、一時的にある薬を使用して徐々に変更してゆくこともあり、また（うつ病以外の病気の治療薬も含めて）併用が可能な薬とそうではない薬があります。医師は、そうしたことも踏まえ、患者が考える以上に多くの情報に基づいて治療方針を判断しているわけです。また、自分の症状を言葉にしようとしても正確に表現しづらいものですが、医師は一つの症状にも様々な表現の幅があることを知っています。ですから、医師を信頼して、思うことを打ち明けてゆく姿勢が大切でしょう。

ところで、最近ではうつ病をはじめ心の疾患をもつ患者数が増えているため、初回の診察ではある程度時間をかけられるものの、再診以降は、一人一人に割ける時間が限られてしまうという問題があります。そこで、患者側としては、質問したいことや、伝えたいことに優先順位をつけて、それらをメモしてゆくと、よりよい診察を受けることが可能になります。

（高野雅典／医学ライター）

暗示の外に出ろ。
俺たちには未来がある

夏は野外フェスのシーズンだ
いつもなら週末のたびあちこちのフェスへ行く日々
FUJIROCK FESTIVAL'07
WIND BLOW
RISING ROCK
しかし、07年の夏は静かなものだった
ちりーん
早く10月にならないかなあ
あと○日
あと○日
これだけを目標に夏をやり過ごした
目標のフェスはキャンプしながらライヴも楽しむものだった
富士山のふもとで音楽と気心の知れた友人たちとキャンプするこのフェスが大好きだった

かならず行くぞ！
で、行くおつもりなんですね？
はい！
びし
長時間の車移動
テント泊
調子が悪くなったときのこと
なんだかいまならできる気がする
環境を急に変えることはおすすめできませんが……
医者はああ言ったが
フェスに行くって決めたおかげでどれだけ支えられたか
結局、それは自分で決めることなのだ

ただ
アルコールは飲んではいけませんよ！
ガラガラガラ
カンパーイ！
BEER
BEER
BEER
プハー
あーうまい！うますぎる!!
…一滴も？
一滴もです！
抗うつ剤とアルコールを同時に摂取することは危険なんです
まぜるな危険
…わかりました
OK、僕はアルコールを飲まない
でもフェスには行く！

フェスは楽しかった
うまい
友だちと話したり
ライヴを観たり
こんなの
何ケ月ぶりだろう
その後
僕は
少しずつ
回復していった
治療の基本
薬物治療
＋
静養
もちろんコレも
効いたんだ
ろうけど
このフェスで
得たものが
大きかった
僕は1人じゃない
目標も
達成できた！

僕は大丈夫だ
この経験が僕に自信を与えてくれた
まず本が読めそうな気がしてきた
不眠症の夜は長い
うーん、眠れないなにか読むものを…
いとうせいこう
解体屋外伝
サイバーパンクなつかしいなあ
近未来を舞台に人々を洗脳《ウォッシュ》するグループとそれを解く解体屋《デプログラマー》の闘いを描くストーリーだ
WASH
VS
DEPROGRAM
「解体屋《デプログラマー》」とは洗脳のプログラムを解体《デプログラム》する人のこと
解体屋
あんなに文章が読めなかったのがウソのようだった

読める…
読めるぞ！
この本を読めたのは精神分析がモチーフだったからかもしれない
そして僕にとって救いの呪文となった主人公のセリフ
『暗示の外に出ろ。俺たちには未来がある』
僕の調子っぱずれは「暗示」と同じだ……
だからその外に出れば僕にも未来がある
よっ
『悲しいことなんていう事実はない。そこにあるものをどうとらえるかだけだ』
この言葉も響いた
そうだ そんな事実は無いんだ！
今日は眠れそうだ

僕の中に好奇心が再び芽生えた
books
本 読もう!!
books
思想
ラカン…。
ラカンはどこだ?
精神分析家ジャック・ラカンは「解体屋」のアイドルだった
Jacque Lacan
僕はラカンのことを知りたくなったのだ
あ、これなら読めそうだ
生き延びるためのラカン 斎藤環
む、むずかしい…
でも、面白い!
バタ
今度はこの人の本を読んでみよう
ためのラカン 斎藤環
先生、精神分析に関するおすすめ本ってありますか?
読めるようになったんです
ほう、それは良かったですね しかし……
うつの人は本に書かれた症状をつい自分にあてはめてしまいがちなんです

だとしても
僕は調子っぱずれの
仕組みを知りたい
対処法を知りたい
book
だんご
books
あ、
こんな本がある
ツレがうつになりまして
うつ病の夫を持つ
妻が日常を
描いたマンガだ
ははは
ベストセラー!
自分と違う
所もあったが
「わかる!」
という共感が
僕をラクにした
そうそう
あるある
ある日、
写真展を観に行った
自傷行為をする女性たちを
撮った作品展
激しい違和感が
あった
…自分の「生」を
実感するために
リストカット?
僕が「生」を
実感できる場所は…
もうわかっている
素晴らしい音楽に
出会い踊ってるとき
僕は
そんな場所に
早く
戻りたかった

夏は野外フェスのシーズンだ。これまでの僕は仕事も含めて、夏はほぼ毎週末どこかのフェスに出かけていた。でも調子っぱずれになった僕の二〇〇七年の夏は静かなものだった。憂うつに沈んでるときは、秋に開催される「朝霧ＪＡＭ」に行くことを考えた。それだけを目標に夏をやり過ごしたと言ってもいいぐらいだ。

富士山の麓、朝霧高原で開催される「朝霧ＪＡＭ」が他のフェスと何が違うかというと、キャンプ・イン・フェスであること。観客全員が持参したテントで会場に泊まる。僕は自然の中で音楽が楽しめて、友だちとキャンプができるこのフェスが大好きだ。だから、十月の「朝霧ＪＡＭ」までにこの調子っぱずれをなんとかしたかった。二〇〇七年春から夏にかけて僕の日記は空白になっていたけれど、そんな日々の中、毎朝走り、二週間に一度病院に通い、一日に三回、処方された薬を飲んだ。

「朝霧ＪＡＭ」前々日が、受診の日だった。僕は、「行けそうだから行きます」と担当医に告げた。友だちと一緒だとはいえ車で数時間の移動、テント泊ができるのか。春にはとても無理に思えていたことだけど大丈夫な気がしていた。担当医は「環境を急に変えることはお勧めできませんが……」と慎重だったが、僕はフェスに参加するという目標が、この数ヶ月の僕をどれほど支えてきたかを訴えた。それに結局は自分で決めることなのだ。ただ、「でも、アルコールは一滴も飲んではいけません」と言われたのには困った。毎年、駐車場から大量のキャンプ道具をみんなで汗だくになって運び上げ、テントを建てたあとに飲むビールは最高の味だったからだ。「抗うつ剤とアルコールを同時に摂取するのはとても危険です」というのが理由だ。了解。僕はアルコールを飲まない。でも、フェスには行く。

楽しかった。僕らのテント・サイトはステージまでいちばん遠く離れたエリアだったので、ライヴを観に山道を降りていくよりも、テント・サイトで友だちと一緒に話したり、料理をしている時間のほうが多かった。久しぶりに体感した音楽ももちろん楽しかったけど、友だちと自然の中にいること自体が「ひきこもり」のような生活を続けていた僕には心底素晴らしいものに思えた。

この「朝霧JAM」を契機に、僕の調子っぱずれは少しずつ回復していった。たぶんそれまでの薬物療法や「何もしない（できない）こと＝休養」も効いてはいたんだろうけど、「朝霧JAM」の二日間は、僕はひとりじゃないという気持ちと、またひとつ目標を達成できたという自信を強く与えてくれた。

まずは本が読める気がしてきた。読書再開のきっかけは不眠症だった。秋のある夜、寝付けずに、本棚からたまたま手にとった本、それがいとうせいこうの小説『解体屋外伝』だった。

タイトルにある「解体屋」とは、家の撤去作業などをする肉体労働系の職業ではなく、洗脳を解く人（デプログラマー）のこと。近未来の日本を舞台にした、洗脳者グループと主人公の解体屋との闘いを描くストーリー。何度も読んだことのある小説とはいえ、それまでの「文章が理解できない」症状がウソのように一気に読んでしまった。この小説が精神分析をモチーフにしたもので、自分にとってとてもリアルに感じられたということが大きい理由だと思う。特に、解体屋が唱える「暗示の外に出ろ。俺たちには未来がある」という言葉は、僕にとって救いの呪文になった。僕の調子っぱずれ、認知の歪みは、つまりは「暗示」だ。だからその外に出れば僕にも未来がある。「悲しい目に会った人間は、何を見ても落ち込む。それは神経洞窟（ニューロティック・ケイヴ＝この小説内の造語）が目の前にあるものを穴に引っ張り込むからだ。（中略）俺たちは違う。悲しいことなんていう事実はない。そこにあるものをどうとらえるかだけだ。それを悲劇の繰り返しにしているのは、脳（システム）に出来た神経洞窟のせいなんだ」という文章もそうだ。僕はこれほどまでに、自分の症状を解析され、心躍る啓示に小説で出会ったのは初めてだった。いままで僕はこの本の何を読んでたんだろう？「暗示の外に出ろ。俺たちには未来がある」。イエス！

もっと知りたくなった。好奇心の発動！　この小説には、主人公・解体屋のアイドルとして、フランスの精神分析家ジャック・ラカンの言葉がたびたび引用されている。例えば、「無意識は言語のように構造化されている」。でも、僕はラカンを読んだことがなかった。書店に行き（すごく久しぶりだった）、斎藤環という精神科医による『生き延びるためのラカン』という本を買った。ものすごく難しかったけど（「世界で初めての〝使える〟ラカン解説書にして精神分析入門」と銘打たれてるにもかかわらず）、「現実界」「象徴界」「想像界」というラカンによる心の三分類が、『解体屋外伝』という小説における世界観の基礎となってることはわかった。僕はこの本をきっかけに斎藤環の本を読み進めた。難しいことだらけだったので、次の受診時に担当医に他の本も推薦してもらおうと思った。精神分析に関しては、古典のフロイトから眉唾もののスピリチュアル系まで、たくさんの本が出ているのだ。でも、担当医は僕が本を読めるようになったことを歓迎しつつも、「うつ」についての本を読むのは、自分自身を本に書いてあるような症状にあてはめて考えてしまうからやめたほうがいいと言った。なるほど。だけど、僕はこの調子っぱずれの仕組みを知りたかったし、他のうつ患者の症状、対処法を知りたかった。

細川貂々の『ツレがうつになりまして』という本にもこの時期に出会った。うつ病の夫を持つ妻（＝細川貂々）がツレ（＝夫）の日常を観察して描いたマンガ。自分にあてはまるところも多かったし、また、違う部分もあったけれど（僕はうつになったツレさんのような几帳面な性格じゃない)、それはそれで「わかる!」という共感が、孤独感や絶望感を和らげてくれた。それに、そんな孤独感や絶望感なんて、「自分でかけた暗示のトリックに、自分ではまっちまったらおしまいだ。そいつは暗示のレールの上を一直線に走っていくだけさ」という、まさに『解体屋外伝』で指摘されてる暗示に、僕がはまってるだけなんだ。

僕はmixiの「うつ」コミュニティにも入っていた。このコミュニティは朝方になると多くのトピックが上がってくる。みんなよく眠れずに、あるいは早朝覚醒してしまい、書き込むのだろう。僕から見てもすごくシリアスな告白、笑える失敗エピソード、様々な依存症、過食拒食など、誰もがいろんな症状を抱えていた。自傷行為、リストカットの告白をしてる人もいた。

二〇〇七年の晩秋、僕は新聞で紹介されていた写真展を自転車に乗って観に行った。リストカットする女性たちを撮った写真展。見終わった僕には……激しい違和感があった。「彼女たちは自分の〝生〟を実感するためにリストカットをするのかもしれない」というような言葉が会場に在った。僕にはそんな行為は痛々しいだけに思えた。僕が「生」を実感できる場所はもうわかってる。例えば、素晴らしい音楽に出会い、踊っているとき。僕はそんな場所に早く戻りたかった。

10

MY LIFE AS A DOG

本が読めるようになると
文章も書けるようになってきた
あめんぼ
あかいな
あいうえ
中断していた
編集の仕事も
再開した
あるバンドが
最新アルバムを出すまで
の2年間を記録した本だ
文字量
20万字!
コレ何だっけ?
あ、
カンチガイしてた…
……まだ
本調子じゃないな
パタン
今日はやれそうだ!
ダダダ
調子の良いときに
細切れに作業
レコード会社も
事務所も無い
全くゼロの状態から
アルバム制作に
奔走する
メンバーたち
NO
FEAR
NO
パトロン
NO
NOWHERE
MAN
NO
MONEY
NO
NO
事務所
NO
レコード会社

なんだか自分と重なるなあ
そしてクリスマスの朝 本のサンプルを受け取りに印刷所へ
楽しみだなあ〜
こちらです
ありがとうございます！
わー!!
印刷工場で手渡されたその本は
HEA
lan
the
最高のクリスマスプレゼントだった
うれしい!!
そして気がつけば体重がマイナス15キロに
セロリ
次なる目標は
ばーん
湘南マラソン 30km 完走!!
当日
ピーヒョロ〜
湘南

パァン
今日まで月200キロ走ってきたんだ完走できる……
給水
ぱっ
ぐっ
ぽいっ
ゴミ
まるで本物のマラソンランナーだ!
感動!
20キロを過ぎてからは疲労との闘いだった
う〜ん
疲労
ずこり
数百メートルがとてつもなく長く感じる
もう歩いたってゴールはできる
でも…
ゼィ
ハァ
ハァ
ゼィ

100
ミヤスコウタ
30km 2'44"00
完走できた！
僕はやれた！
ミヤスコウタ様
タイム
2'44"00
30kmの部
この頃から月に一度ぐらい
親戚の飼い犬を
預かるようになった
わん！
あー
はいはい
散歩ねー
わん
わん
管理人
こそ
うちのマンションは
ペット不可なのだ
はぁ〜
疲れた
だから
預かるのは
数日だけ
それ〜
うち
片道です
電車で2時間
犬のいる親戚の家
よくなついてるけど
よく鳴くんだよな〜
わん！ わん！
わん！

電車で鳴くかもしれない
周りに迷惑かけるかも……
ガタン
ゴトン
おかげで犬を連れてくる日は僕が精神安定剤を飲まなければならなかった
でも犬はかわいい♥
わん！
ん？
ああ散歩か
わん！
わん
まだ朝５時だ
この時間は管理人がいなくて気が楽だ
機械
管理人
CLOSE
ねむいけど
しかしうかうか買い物にも行けないなー
離れると鳴く
オイテカナイデ！
わん
わん
ああかわいい!!
ひし！
わん
隣の部屋の人…
うるさくてすいません…

本や新聞が読めるようになると、文章も少しずつ書けるようになってきた。中断していた仕事もゆっくりと再開していった。まずはあるバンドが最新アルバムをリリースするまでの二年間を記録した本の編集だ。文字量が二十万字以上もある原稿だった（四百字詰めの原稿用紙にして五百枚！）。読めるようになったとはいえ、集中力はあまり続かないし、当然プロの仕事をしたいので、細切れに時間を遣い、何度も何度も編集、校正を繰り返した。忘れてしまうことや勘違いもしょっちゅうの日々だったから、何度チェックしても不安になる。でも、気が済むまでチェックした。

レコード会社も事務所との契約もないゼロの状態から、アルバム制作に奔走するバンドの二年間を記録したその本の内容は、僕の調子っぱずれへの抵抗にもシンクロした。僕はこの仕事に集中しながら、自分自身の回復と希望を感じていた。二〇〇七年のクリスマスの朝には、埼玉県にある工場に納品されたばかりの本をチェックに行った。数冊受け取ったサンプルが、僕にとっては最高のクリスマス・プレゼントだった。

ランニングも続けていた。すでに体重は走り始めた日から十五キロ以上減り、鏡に映る僕の姿に、揺れる贅肉は見あたらなくなった。二〇〇八年三月の「湘南国際マラソン」完走が僕の新たな目標となった。コース設定の都合でフルマラソンではなくて三十キロ。でも、僕にとっては未知な距離であることは変わらない。僕はこの大会に向けて月に二百キロ以上を走るトレーニングをしていた。

大会当日、レース特有の興奮状態のままスタートの瞬間を迎えた。十キロまでは何の問題もなかった。十五キロもいいタイムで通過した。給水所ごとに水分を補給し、バナナが置いてあるところではバナナも取った。走りながらバナナを食べて、沿道のゴミ箱に向けて皮を投げるなんて、まるでマラソンランナーじゃないか!

疲労が襲ってきたのは二十キロを過ぎてからだった。二十五キロを過ぎると残りの距離だけを考える。最後の二キロは海岸沿いを向かい風を受けて走る。何度も「もう歩こう」という考えが頭の中をよぎった。歩いたってゴールはできる。でも、僕は歩かなかった。「このランナーに付いていく」と目標をロックオンして、あとはそのランナーの背中だけを追い、ついにゴールした。二時間四十四分。フルマラソンではないけど、三十キロのレースを僕は完走した。

この頃から、僕は月に一度ぐらい子犬を預かるようになった。僕が住んでるマンションは本来、ペットの飼育が禁止されている。だからあくまでも数日間、「預かる」だけ。飼い主が旅行などで用事があるときに、電車に二時間乗って子犬(ポメラニアン)を受け取り、また電車でうちに連れてくる。とても可愛くて、僕にもよくなついたけど、敏感ですぐに鳴いた。初めて預かるときは、移動中に鳴かないか不安で、電車に乗る前に僕が精神安定剤を飲まなくてはならなかった。僕のほうが怯えていたのだ。電車が混まない時間帯に移動し、人目につかないように部屋まで連れてきて、部屋の中では子犬が鳴かないように遊び、トイレの心配をした。何度かそういうことをしているうちに、マンションの出入りのときだけは「共犯意識」が生まれたようで、鳴かなくなった。電車での移動も慣れたようで大丈夫だ。それでも早朝には鳴き声で起こされる。近所にバレないように午前五時前からご要望通り散歩に連れて行く。早朝の脱出は、マンションの管理人もいない時間だから楽だけど、神経を使う。犬を連れてスーパーマーケットや店などには入れないので、僕の食事は事前に買い込んでいた食材で作るか、レトルトものになった。それでも犬と暮らすという初めての体験は楽しかった。なにより僕を頼ってくる存在が可愛かったし、飼い主に感謝されるのは嬉しかった。きっと鳴き声が届いていたはずの隣の部屋の住人には申し訳ないけど。

朝のテレビ番組によくある占いも苦手ですぐにチャンネルを変えた。特定の数字も怖かった。トレッドミルで走ってるときに、走行距離が９・１１キロを指している瞬間がダメだった。「９・１１」という数字はどうしてもあの同時多発テロをイメージして、そのあたりになると視野に数字が目に入らないようにやけに上を向いてランニングフォームを崩すのであった。

バール男

憂うつな気分に沈んでいるだけの日々ではなくなった
はははは
それでも
調子っぱずれは時々やってくる
もわ〜
ハッ
ああ“来る”なあ……
鶴見済の『人格改造マニュアル』によると「認知の歪み」には10のパターンがあるという
人格改造マニュアル
鶴見済
「全か無か」
ALL
or
NOTHING
「マイナス思考」
「過大解釈と過小評価」
「すべき／せねばならない思考」など
MUST
“全か無か”思考
一般化のしすぎ
選択的抽出
(心の色メガネ)
マイナス思考
レッテル貼り
独断的推論
過小評価
全部あてはまる……
だからこんな時も
すぽ
うわ
認知の歪みの穴
これはあのパターンだな！
それが「歪み」であると分かることが大事だ

暗示の外に出ろ
俺たちには
未来がある
抜けられた！
ひょい
ただ……
歪んで見える
だけなんだ
こういうときは
精神安定剤も
服用する
どばあ
それでも「暗示外し」が
間に合わないこともある
ポイ
ポイステ
ちょっと！
いまタバコ捨てたよね？
なんだよぉ
どうしても
ポイステが許せない
……
以前の僕なら
ありえない行動だ

そして08年5月の夜
ドカッ
ガシャーン
バキッ
ん?
ガシャ
バキッ
ドカッ
ガチャーン
バキッ
自販機を壊してる……
ガチャン!!
そのまま通り過ぎることもできた
あの
でも僕は話しかけていた
何してるんですか?
ハァ
ハァ
これはうちに置かせてやってる自販機なんだよ!

でもあいつら、この電気代を払わねえから壊してんだよ！
ジャマすんな
ドカッ
でも！
これは危ないでしょう？
僕はひどく冷静だった
うるせえ！
ぶん！
ガッチャン
痛っ……
よろ‥

次はかわせる！
↑歪み
元剣道部
じりっ
逃げちゃダメだ！
シンジ
110番して下さい！殴られました！
110番して下さい！
通行人たちはなぜか僕を無視して通り過ぎていった
通報して下さい！
バタン
……
ナゼ

今度は頭を殴るぞ!
通報でも何でもしろ!
こいつの動き…
見切った!!
歪み→
かかってこい!
ありっ
…もう
行けよ
しっ
僕は解放された
警察が近くにあったはず
ピーポーピーポー
パトカーだ!
キッ
あの……
バールを
持った男に
殴られました
いま通報があって
現場に向かい
ましたよ
そうですか

…はい
自転車に乗ってて…
それで声をかけたら…
まずは治療優先です
はぁ
警察署の隣にある警察病院まで救急車で搬送された
歩けるよ!
レントゲンを撮られ
骨に異常は無いですね
シップを貼られた
会計
ミヤスさん
事件の場合は許可が下りるまで全額自費となります
¥12,000
ゲ!
それから診断書は三千円かかりますが……
もう時間外なので今日は出せません
えー!
あの……被害届はどうすれば?

警察に訊いて下さい
え〜
ここ警察病院だろ……
そして隣の警察署へ
被害届
供述調書
こうですか？
こんな感じで
こんなことさせられるのか
犯人が使ったバールで再現
警察署に4時間！疲れた……
もう午前3時だよ…
ぐったり
殴られた手首は「全治2週間」ということだった
三千円…
診断書
警察からは連絡来ないなあ
犯人はどうなるのか
なぜ通行人たちは僕を無視したのか

自販機を壊している男に声をかけたこと……
これは歪みのせいなのか
分かるけど……関わらないほうがいいよ
自分の安全が第一よ
本当にそうなのか？
安全第一
もし自分がそんな場に居合わせたら
無視するような人間にはなりたくない！
110番して下さい!!
それがおかしいと言うなら僕は狂っていてもいい！
携帯ナシ
僕はあちこち一人で回り
病院
警察
区役所の法律相談
相手の弁護士
事件は示談になった
弁護士
男がその後どうなったかは知らない

バール男

憂うつな気分に沈んでいるだけの日々ではなくなった。でも僕のアンテナはやっぱり歪んでいる。スティーヴン・キングのホラー小説『霧』に出てくる、どうみてもまがまがしい黒い霧が湖の向こう岸からゆっくりとやってくるように、調子っぱずれは直前に予測できる。「あ、これは来るな」という前兆がある。

鶴見済の『人格改造マニュアル』によると、「認知の歪み」には、「〝全か無か〟思考」、「マイナス思考」、「過大解釈と過小評価」、「〝すべき／せねばならない〟思考」など十のパターンがあるという。全部あてはまる。僕はこれらの思考パターンにはまってしまったと自覚すると、例の「暗示の外に出ろ。俺たちには未来がある」という言葉を心の中でつぶやくようになった。これは歪んだ思考パターンのトラップなんだと気づくことが大事だ。そしてその外に出ること。精神安定剤も服用する。

だけど、過敏に歪んだアンテナは、時としてそんな「暗示外し」も間に合わない速度で反応してしまうことがあった。例えば、僕の前を歩いてる人が煙草を道にポイ捨てする。僕は即座に声をかけてしまう。無視して去ろうとした老人に、拾いあげた煙草を持ったまま横に並び、「これ、落とし物ですよ」と声をかけたこともあった。以前の僕だったらありえなかった言動。でも、それは僕が歪んでいるせいなのか、正直よくわからなくなるときがあった。そして、僕はある夜、見ず知らずの男にバールで殴られた。

二〇〇八年五月のことだ。夜、僕は駅から自転車で家に向けて走っていた。住宅街の中に、ガラスが割れる音、金属製の物を殴打する音が響いていた。僕は自動販売機を棒状のもので叩き続けている男に遭遇した。僕はその横に自転車を停め、男に「何をしているんですか？」と尋ねた。男は身長も年齢も僕より上のようだった。そして興奮していた。「自分の敷地内に、自分が置かしている自動販売機だ。この自動販売機の会社が電気代を払わないから壊してるだけだ。邪魔をするな」と男は答えて、また破壊を再開した。ガラスや蛍光灯など、破壊された自動販売機の破片が路上に散乱している。だから僕は「でも、この状況、危ないじゃないですか？」と再度、男に声をかけた。その途端、男は手に持っていたバールでいきなり殴りかかってきて、僕はとっさに左手で頭をかばった。左手首に重い、金属の衝撃があった。右手で左手を支えたため、自転車は倒れ、僕は数歩後ずさった。

男はさらにバールを振りかざし、僕を威嚇する。僕は男の動きを見逃さないようにしながら、通行人に「一一〇番してください！　殴られました！」と声をかけた。僕はそこまでは冷静だったのだ（それも歪みなんだろうけど）。でも、ショックだったことに、凶器を持った男に威嚇されているのが明らかな状況の中、通行人たちは僕の訴えを無視して通り過ぎていったり、男の後ろでこちらに気づき引き返していった。「今度は頭を殴るぞ、通報でもなんでもしろ、携帯持ってないのか」と、男は威嚇と挑発を続ける。悪かったね、僕は携帯電話の契約もとうに切っていたのだ。でも逃げるのはイヤだった。戦うのもイヤだった。隣家の住人が玄関から顔を出したので「通報してください！」と僕は叫んだけど、その女性もすぐ顔をひっこめてしまった。

数分間のそんなやりとりのあと、しびれを切らした男が倒れていた自転車を起こし、僕のほうに投げ「行けよ」と言った。僕は自転車にまたがり、警察署が近くにあることに気づき、向かった。警察にあと数十メートルと近づいた時点でパトカーのサイレンが聞こえてきた。誰かが通報してくれたのかもと思いながら、警察署に入った。入り口で左手首を押さえたまま「バールを持った男に殴られました！」と訴えると、「通報があって、いま現場に向かっています」とひとりの警官が答えた。事情を説明しているうちに、サイレンの音が近づき署内が慌ただしくなり、バール男が連行されてきた。間違いなく自動販売機を破壊し、僕を殴った男だ。

「治療が優先ですから」と救急車を呼ばれ（搬送されたのは警察病院で、警察署の隣りにあった！「ここなら歩けます！」とさすがに文句を言った）、そこで「念のために」とレントゲンを撮られ、湿布をされた。骨に異常はない。「事件の場合は許可が下りるまで保険証が効かずに全額自費になります」、「診断書は今日はもう時間外なので出せません」というような病院側とのやりとりのあと、隣りの警察に徒歩で戻り、取調室で被害届、供述調書の作成を四時間もかけて行ない、それが終わると傷跡の証拠写真と、犯行の再現写真を警官相手に署内の廊下で撮影された(押収された犯人のバールでの再現。ゾッとした)。午前三時過ぎに僕は解放された。

殴られた手首は「全治二週間」の診断が出たけど、被害者である僕はその後どうすればいいのか、警察からは全く連絡がなかった。犯人はどうなるのか。なぜ通行人全員に無視されたのか。僕は混乱していた。供述調書の作成に四時間もかかったのもその混乱のせいだ。担当の警察官に、「手首の傷なんてどうでもいいけど(実際、軽い)、もし今後こんなときに何も言えない、動けない自分になってしまったらと思うのがいちばん怖い」と僕は何度も言った。供述調書のフォーマットでは「手首の傷とともに心の傷も深く〜」と変換されてしまったのだけど。

そんな破壊行為をしている男にいきなり声をかける僕が歪んでいようとも、助けを求めてる人を無視するような人間にはなりたくない。そんな場には関わらないのが正常な反応というなら、僕は狂っていてもいい。警察に助けを呼ぶ電話ぐらいすぐにしてくれよ。

後日、僕は病院、警察、区の無料法律相談(「無料」というだけあって、弁護士は僕に割り当てられた三十分間の間に四回もあくびをした)、犯人の弁護士と、すべてひとりで回り、結局のところ事件は示談になった。男がその後どうなったかは知らない。

FIGHT FOR YOUR RIGHT TO PARTY!

『僕は気が狂っているのか？』
ティム・オブライエンの小説『ニュークリア・エイジ』の冒頭の言葉だ
ニュークリア エイジ
ティム・オブライエン
地球を何度も壊せるほど核兵器を持っている世界
それにおびえる主人公が庭に核シェルターを掘る話
一体どちらが狂っているのか？
世界
or
自分
僕もこの主人公と同じ気持ちだった
戦争や貧困に満ちたこの世界と僕……
どちらが狂ってるんだ？
本当はこんなことを対立して考える時点でオカシイのだ
どちらがマトモか勝負だ！

もし感度最高の
ラジオがあったら
世界中の
電波を拾ってしまう
お前についてるラジオ〜
これは混乱する
Selamat Siang
magandang araw
それは完璧
であっても
正常ではない
Dobrý večer
僕のアンテナも
普通なら拾う
はずもない
電波まで
キャッチしてしまう
戦争
見てみぬふり
貧困
虐待
なぜ
どうしたら…
狂ってる!
ひどい
許せない
無力
新聞やテレビが怖かったのは
そんな出来事が僕を傷つけるから
だった
PAC3
世界の問題を
自分と
切り離して
考えられない
ガラ
ガラ
こうなったら
自分を
閉じるしか
ない
こうして
自分で作り出した
闇の中に
潜み続けた

それでも僕は恐る恐る世界に足を踏み出してみた
行くぞ…
ドラクエ的には“ぬののふく”レベル
武器なし
まほうなし
でももう閉じこもってはいられない
とはいえチューニングが直ったわけでもない
外に出られるようになっただけ
今日は…
調子が良くない
ぐにゃ〜
調子っぱずれの日は視野まで歪んで感じるのだ
おっと
2008年春
チベットの民主化運動
ビルマのサイクロン
グルジアや
アフガニスタンで
起こっていること
それらは
自分の日々と
等距離のこと
のように思えた
ひどい!
世界も狂ってる!

そう思った僕は
まずチベットの
デモへ行った
ちゃんと
対話せよ!
FREE TIBET
代々木公園野外ステージでは
いとうせいこうが「ミャンマー軍事
政権に抗議するポエトリー・
リーディング」
を行なった
それは
素晴らしい
演説だった
ワーーー!
『暗示の外に出ろ。
俺たちには未来がある』
!
そうだ……
僕は
外に出るんだ!
デモにも行くし
ダムいらん
STOP ROKKASHO
トンネルいらん
のびのび
NO 8
アワセマモレ!!
HENOKO
NO BASE
大学のシンポにも
もぐりこむ
いままで
関心を持って
いたことが
知り合う友人の
存在で身近に
なっていく
なんだか
世界が
拡がってみえる…
そして僕はジムだけでなく
外でも走り始めた

ずいぶん調子が良くなってきたなあ
ライヴハウスにも行けるようになったし
デモやライヴに参加した翌日は決まって「落ちこみ」が来た
うう…
ゾンビ
それでも僕はうつでいるよりうかつに行動したいんだー!
いくぞ〜
がばっ
世界のモンダイもいいけど
まずは自分を立て直すべきじゃないの?
正論
早く働けるようにしようとかさ
家族もいるわけでしょ
正論
分かってる……でも世界の悲劇や理不尽に無関心でいられないんだ
……じゃあしょうがないね
正論
フッ
『僕は気が狂っているのか?』と何度も自問する

でも
僕はもう
庭にシェルター
なんて掘らない
僕は
深い穴の底から
地上に
這い出して
来たのだ
うつ病の治療には４本柱
があると言われている
休養
薬物療法
環境の改善
認知療法
環境の改善とは、
「患者の周囲が
病気に対し
理解を持って
接すること」
だという
僕は
「患者自身が
世界（周囲）を
理解すること」
も大事だと思う
『世間には
神経症になる
原因が溢れてる』
それに対して僕が選んだのはこの２つの「P」だ
Protest
Protect
異議申し立て
自分を守るため
に賢くなること
P
ブログを再開し
図書館に
通い出し
少しずつ
仕事も始めた
エンジンが
動き出す気配がする…

ティム・オブライエンの小説『ニュークリア・エイジ』では、精神科医よりも患者である主人公の言葉のほうが明らかに説得力があった。例えばこんなセリフが出てくる。「世間には神経症になる原因が溢れてる。現実的なもののことだよ。現実。そういうのって治しようがないだろう」。核への恐怖に、主人公は自宅の庭にシェルターを造るべく穴を掘り始める。この小説の一行目は「僕は気が狂っているのか?」という自問から始まる。

核を持つ世界とそれに怯える主人公とではどちらが狂っているのか。戦争や貧困や虐待が満ちている世界と僕とではどちらが狂っているのか。そんなことを対立して考える時点で僕のアンテナは歪んでる。でももしラジオのアンテナの受信力が完璧に高性能だったら、世界中のラジオ局が発信する電波を拾ってしまうだろう。それは完璧であっても正常ではない。混乱する。フィンランドやタンザニアやブータンのラジオ放送がいきなり自宅のラジオから流れてきてもわけがわからないように。新聞やテレビのニュースを見るのが怖かったのは、世界で起きている出来事が僕を傷つけるからだった。自分と切り離して考えることができない。だから遮断して自分で作り出した闇の中に潜み続ける。

回復期に入った僕はおそるおそる世界に足を踏み出してみた。調子がいい日もあれば、悪い日もある。でも、基本的に僕のチューニングは狂っている。調子っぱずれのときは視野までが歪んでるように感じる。景色が上下から少し圧力をかけられているように見える。真っ直ぐに立ってるつもりだけど傾きを感じる。そんなふうに、ドラクエでいうと「ぬののふく」の装備レベルで、僕は世界に直面した。どっちみち、いつまでも閉じこもってはいられないのだ。

二〇〇八年春、僕の目の前には、チベットの民主化運動や、ビルマのサイクロン被害もあった。グルジアやアフガニスタンで起こってることも、僕には自分の日々と等距離の出来事のように感じられた。世界もまた、狂ってる。

中国政府のチベット弾圧へ抗議するデモに行った。チベットを憂う人たちが、世界各地でアクションを開始していた。いとうせいこうは、『ミャンマー軍事政権に抗議するポエトリーリーディング』を発表した。その中には、「暗示の外に出ろ。俺たちには未来がある」というフレーズも引用されていた。僕は次々にデモに参加していった。いくつかの大学のシンポジウムにも潜り込んだ。以前から関心を持っていたことが、それらに関わってる友だちの存在もあり、一気に身近になった。自分の周囲にある環境、格差問題へも、僕の視野は「広がって」いった。新しい出会いがいくつもあった。

トレッドミルの上だけでなく、ジムの外でも走り始めた。通院も薬の服用も続いていたし、何かのイベント（デモだったりライヴだったり）に参加した翌日は決まって反動の落ち込みが来

FIGHT FOR YOUR RIGHT TO PARTY!

たけど、うつでいるより、うかつにでも行動したかった。まずは、自己を立て直して、きちんと働き始めることが先決だろうというのが正論だろうけれど、世界の悲劇や理不尽に無関心でいることができなかった。「僕は気が狂っているのか？」と何度も自問する。でも僕はもう庭にシェルターなど掘らない。閉じこめられていた深い井戸からやっと地上に這いだして来たのだ。

うつ治療には四本柱があると言われている。「薬物療法」、「認知療法」、「休養」、「環境の改善」。最後の「環境の改善」は、通常は、患者の周囲がこの病気に理解を持って患者に接することだそうだけど、僕の場合はそこに、患者自身が世界を理解すること、も含まれた。世界に神経症になる原因が溢れていようとも、筑紫哲也さんの『スローライフ　緩急自在のすすめ』に出てくる言葉を借りれば、〝protest〟と〝protect〟という二つの「p」を右手と左手に握り歩いていく。異議申し立てをしながら、自分を守るために賢くなっていくこと。

うつになってからほぼ中断していたブログも再開したし、図書館にも通い出した。興味を持っていたバンドのメジャーデビューにあわせて、インタビューの依頼が来た。敬愛するミュージシャンについての本を企画しプレゼンした。好奇心が復活してきた。エンジンが動き出す気配がする。

僕の調子っぱずれはこんなふうに新たな展開を迎えた。

二年間の休暇

そして僕は元通りになり仕事に復帰しました
というハッピーエンドにはならない
うつには「完治」という言葉がないそうだ
今日はダメだ
それに近い言葉は「寛解《かんかい》」という
ほ〜
これは症状がほぼ無くなったという意味です
つまり完全に治るということはないのか
そして再発の可能性も高いです
調子っぱずれを自覚してもう2年
僕はいまだに通院し薬を服用し毎朝10キロ走っている
変わったことといえば2年で体重が20キロ減りフルマラソンも完走できたこと
昔がウソみたいだ
少しぐらい調子っぱずれでもいいやという気持ちでゆっくり仕事を再開した
とはいえ、世界のニュースに高揚と消沈を繰り返す
パレスチナがこんなことに…
ひどい…

街がめちゃくちゃだ
こんなに多くの人が…
あ
こうして簡単に闇の中に落ちてしまうときもある
しーん
でも最悪のときは文章さえ読めなかった
いまはこうして自分の体験を言葉にできるようになったんだ
よいしょ
僕は医者でも精神分析家でもないけど自分の体験なら書ける
前章でうつの治療には4つの柱があると書いた
休養
薬物療法
環境の改善
認知療法
薬物療法について
不眠
抑うつ状態
どーん
シニタイ
こういう症状には薬物療法は有効だと思う

近ごろなんか
オカシイんだよね
眠れないし
落ちこんでばっかで…
気の持ちよう
じゃない？
みんな無理して
がんばってるのよ〜
なんて
言われてるなら
全部無視して
さっさと病院を
訪ねたほうがいい
○○クリニック
これがもしカゼだったら
近ごろなんか
熱があって
セキがとま
らないのよね
えー！
病院行きなよ
会社休まなきゃ！
気合いだー！
じゃねーっ！
気合いで
治るか！
ただ病院は
カウンセリングの
場所じゃない
私はいま
こういう状態で…
症状をうまく
伝えられるように
まとめておくといい
不安だったら
自分の状態を
よく知る家族や
友人に同席
してもらってもいい

認知療法について
あ〜なんて自分はダメなんだ
キミキミ!
いまそんな気分なのは調子っぱずれのせいだよ!
ハッ
そうか
そうそう
「歪み」に気づくには自分を客観視することと自分なりの暗示外しが必要だ
「歪ん」でいるときは全く筋道が立ってないことを信じ込んでしまう
歪みとは
たとえば……
そうだ白髪にしよう!
そうすれば誰も僕の目を覗き込んだりしないだろう!
人の視線がイヤ
大変ですよまず3回に分けてブリーチ
髪も頭皮もすごいダメージです
美容師
金額もかなりかかります
…そうですか

プサンで自殺を考えたのは
その最悪のパターン
死ぬべきだ
いま僕は
歪んでるぞ……
そう気づくことが認知療法だ
『暗示の外に出ろ。
俺たちには未来がある』
僕にとっては
この言葉が認知の歪み
を解くカギだ
暗示には
暗示を！
しかし、
このカギは人それぞれ
これは専門のカウンセリングを
受けるか、
自分で探すしかない
僕は自宅の
本棚だったけど
ただ、スピリチュアル系に
ハマるのは無駄だと思う
ハッピーオーラ
うつは波動で治る
本当の自分をみつけるために
治りまくり！
パワースポット
「本当の自分」は
比喩でもなんでもなく
鏡の前に立てば
映ってる
これが僕なのか
その自分が
イヤなら
「本当の自分」ではなく
「新しい自分」を探しに
行ったほうがいい

僕はまず走った
脚力と心肺能力を手に入れ
体格は完全に変わった
休養について
僕は会社を辞めたあとに
発病したので
充分に休むことが
できた
できないことは
できないから
やらなかったし
やれなかった
2年間だった
YES WE CAN
NO I CAN'T
この忙しいのに休むなんて！
もう働くなんてムリだ……
がっくり
無理した分だけ
回復にも時間がかかる
可能性だってある
成井
牛嶋
山田
内倉
休職中
環境の改善について
さむいよ～
冷たいよ～
風もでてきた～
例えると「うつ」はこんな状態
ビョーー
中まで水がしみてきた!!
じわ～
どうしたらいいんだ！
そんなとき
ふわ

ぱさっ
あ!
ぴし!
雨漏りが止まった!
ペグで固定したから強風でも平気だ!
側溝も掘るのか
ざく
ぼくもやる!
ざく
側溝
ざく
うわぁ、これなら安心だ
あ、ありがとう!
何言ってんの
またなんかあったらね!

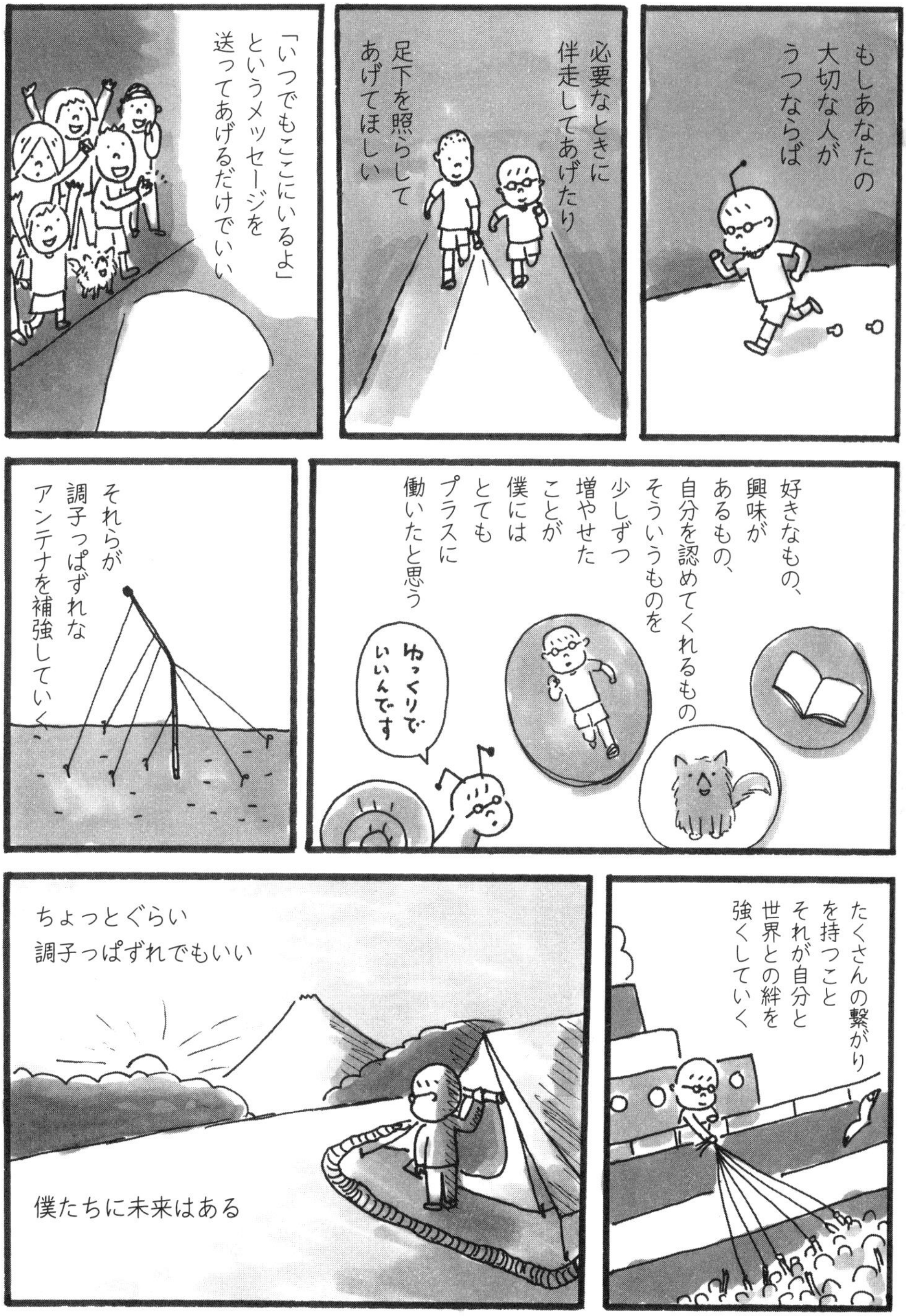
もしあなたの
大切な人が
うつならば
必要なときに
伴走してあげたり
足下を照らして
あげてほしい
「いつでもここにいるよ」
というメッセージを
送ってあげるだけでいい
好きなもの、
興味が
あるもの、
自分を認めてくれるもの
そういうものを
少しずつ
増やせた
ことが
僕には
とても
プラスに
働いたと思う
ゆっくりで
いいんです
それらが
調子っぱずれな
アンテナを補強していく
たくさんの繋がり
を持つこと
それが自分と
世界との絆を
強くしていく
ちょっとぐらい
調子っぱずれでもいい
僕たちに未来はある

この章が『僕とうつとの調子っぱずれな二年間』の最終章だ。

でも、「そして僕は元通り元気になり、仕事に復帰しました」なんていうハッピーエンドにはならない。うつには「完治」という言葉がないそうだ。それに近い言葉は、「寛解《かんかい》」といって、症状がほぼなくなった状態という意味らしい。つまり、この調子っぱずれは完全に治るということはなく、再発率も高いそうだ。

うつを自覚してからもう二年になった。僕はいまだに通院し、抗うつ剤と睡眠導入剤を毎日服用し、毎朝十キロ走っている。体重は二年前より二十キロ減った。BMIは二十一を切り、体脂肪率は十四パーセント台。十キロ走っても息が切れない。二〇〇九年三月には初めてフルマラソンを走り、四時間を切るタイムでゴールした。ガザ空爆に心を痛め、デモに駆けつける。世界のニュースに高揚と消沈を繰り返す。頭の中の消しゴムは居座ったままだし、つまらないことが引き金になって簡単に闇の中に落ちてしまう。前よりはずっとましになったけど、調子っぱずれは続いている。だけど、こんなもんなんだろうなという覚悟ももうできてる。佐野元春の古い歌に「アスピリン片手のジェットマシーン」というフレーズがあったけど、アスピリンをトレドミン（僕が処方されているSNRI系の抗うつ剤の一種）に変えたのが僕だ。ジェットコースターみたいに急降下することもある。

それでも僕はここまで自分の体験を綴れるようになった。最悪の時期は文章を読むことすらできなかったのに。調子っぱずれの具合は人それぞれに違うだろうけど、苦しんでる人に何か届けばいいなと思いながら書いている。僕は医者でも精神分析家でもないけど、自分の体験は書ける。

前の章で、うつの治療には「薬物療法」、「認知療法」、「休養」、「環境の改善」という四本柱があると書いた。不眠や感情の起伏など抑うつ状態には、病院で処方される薬が確かに有効だと思う。もしあなたがそれらに悩んでいて、周りの人に「気の持ちようだよ」とか「他の人はみんながんばってるんだから」なんて言われてるのなら、みんな無視してさっさと病院を訪れたほうがいい。熱があったり咳をしてたらすぐに「病院に行ってきなよ」と心配されるのに、うつは気合いで治るみたいに思われてるのはちょっとフェアじゃない。ただ、病院はカウンセリングを受ける場所じゃない。だから病院に行く前に自分の症状を、うまく伝えられるようにまとめておいたほうがいい。不安だったら自分の状態をよく知ってる家族や親友に同席してもらってもいい。

ひとりよがりで、多角的な見方ができなくて、すべてネガティヴな方向に考えてしまうという、うつならではの認知の歪みには、それは「調子っぱずれのせいだ」と指摘してくれる、内なる自分、自分なりの暗示外しも必要だ。僕は一時期、他人に自分の眼を覗き込まれるのがイヤで、髪の毛を白髪にしようとした。まったく筋道が立ってない。でもそれが歪みなのだ。アンディ・ウォーホールみたいな白髪だったら、誰もが僕を見ないし避けるだろうだなんて考えてた。ゆ・が・ん・で・る! 結局、黒髪を完全な白髪にするには、ブリーチを三度に分けて行なう必要があり、髪だけでなく頭皮へのダメージも相当にひどく、金額も一万円以上かかるという忠告を美容師から受け、断念したのだけど(ちゃんと美容院にまで相談に行ってたのだ!)、こんな例、いくらでもある。釜山で自殺を考えたのも、その最悪のパターンだ。自分の歪みに自分で気づくこと。それが「認知療法」だ。

僕にとっては「暗示の外に出ろ。俺たちには未来がある」という言葉を言い聞かせる、「暗示には暗示を」方式。いとうせいこうの小説からそのまま引用したセリフなので、「俺たち」と複数形になってるのだけど、僕と同じように歪んだ暗示のレールの上を走ってる人たちも、暗示の外に出れば未来があるってことを、自分なりの「認知療法」でどうか発見できますように。これは専門のカウンセリングを受けるか自分に合った方法を自分で探すしかないけど、スピリチュアル系にハマるのはムダだと思う。特に、「本当の自分」とか、「自分探しの旅」なんてキーワードには要注意だ。本当の自分なんて比喩でもなんでもなくて、鏡の前に立てば映ってる。それが正真正銘の自分。その自分がイヤなら、「本当の自分」なんかではなくて、「新しい自分」を探しに行ったほうがいい。僕はまず走った。どこまでも走り続けられそうな脚力と心肺機能を手に入れ、体格は完全に変わった。ボブ・ディランが歌うように「YOUNGER THAN YESTERDAY」でありたいと思う。昨日の自分よりも新しく、と僕は勝手に意訳してる。

「休養」は充分しました。できないことはできないからやらなかったしやれなかった二年間だった。ちなみに、この章のタイトルの「二年間の休暇」というのは、僕が子ども時代に大好きだったジュール・ヴェルヌ作『十五少年漂流記』という小説の原題だ。第五章の「クワイエットルームにようこそ」は松尾スズキ監督による、精神病棟を舞台にした最高に面白い映画のタイトルをそのまま拝借した。その他、この本の中にはヒマにまかせて、僕の好きな映画や音楽などの断片が散りばめられている。

「環境の改善」は、周りの人の理解を必要とする共同作業だ。例えれば、うつの人は、雨漏りするテントの中で怯えてる状態。そのままじゃいずれテントの中は浸水してしまう。フライシートをかけて、ロープとペグで補強しなくちゃならない。防水スプレーをかけたり、テープでつなぎ目を塞いだり。それが「環境の改善」ということ。よく、「がんばれ」と励ますことはタブーと言われるけど、うつの人は、いわば、夜の海を必死に立ち泳ぎしながら漂ってるようなもので、そこで「がんばれ」と言われても、もうそれ以上どうにもがんばれない自分に、余計絶望を感じてしまうだけだ。あなたの大切な人がうつならば、焦らせずに、必要なときに伴走してあげたり、足下を照らしてあげてほしい。灯台の光のように「いつでもここにいるからね」とメッセージを送ってあげるだけでいい。橋口亮輔監督の映画『ぐるりのこと。』をどうぞご参考に。

うつの人は、好きなもの、興味があるもの、認めてくれるものを、ゆっくりでもひとつひとつ増やしていくことが、調子っぱずれなアンテナを補強していくことだと信じてください。とにかくペグをたくさん打ち込むこと。それが世界との絆を強固にしていく。俺たちに未来はある。だから、いまあなたがシェルターにしているそのテントを吹き飛ばされないように。

ちょっとぐらい調子っぱずれでもしかたない。「調子悪くてあたりまえ」と懐かしのビブラストーンが歌っていたように。僕は今そういう気持ちでいます。

ずっと側にいてくれた愛する人へ。支えてくれた人たちへ。感謝を込めて。

著者略歴

三保航太（みやすこうた）

1966年生まれ。高校卒業後、上京。18歳で大学を中退し、アルバイトと旅の数年間を過ごす。1989年にあるバンドのプロデューサーに誘われ、音楽事務所で16年間、編集者、ライター、ラジオ番組制作などの仕事をする。2006年よりフリーランス。

はらだゆきこ

イラストレーター／グラフィックデザイナー。1973年北海道札幌生まれ。東京在住。会社事務員、音楽事務所でのグラフィックデザイナーを経て、2006年からフリーで活動。音楽関係のハナレグミ、コトリンゴなどのCDジャケットやツアーグッズのデザイン、こども向けの書籍や雑誌などのイラストを手がける。

STAFF

装丁 遠山香織（akanesus）

DTP 佐々木（吉武）りえ

編集 大久保潤

僕とうつとの調子っぱずれな二年間

2009年5月14日 初版印刷
2009年5月14日 初版発行

著　者 三保航太（文）／はらだゆきこ（マンガ）

発行者 吉野眞弘

発行所 株式会社メディア総合研究所
東京都渋谷区千駄ヶ谷4－14－4
SKビル千駄ヶ谷4F
郵便番号 151-0051
電話番号 03-5414-6210（代表）
03-5414-6532（出版部直通）
振替 00100-7-108593
ホームページ http://www.mediasoken-publish.net

印刷・製本 シナノ

ISBN 978-4-944124-35-0
A5版（21.0cm）総156頁
JASRAC出0905315-901